Madame Leprince de Beaumont

La Belle et la Bête (1757)

Texte intégral suivi de :

La Belle et la Bête
de Jean Cocteau (1946)
extraits du scénario, photos

LE DOSSIER

Un conte et un film sur le thème du monstre

L'ENQUÊTE

La figure du monstre de l'Antiquité à nos jours

Notes et dossier
Laurence de Vismes Mokrani
Certifiée de lettres modernes

Collection dirigée par
Bertrand Louët

Hatier

Sommaire

ISBN : 978-2-401-02820-3

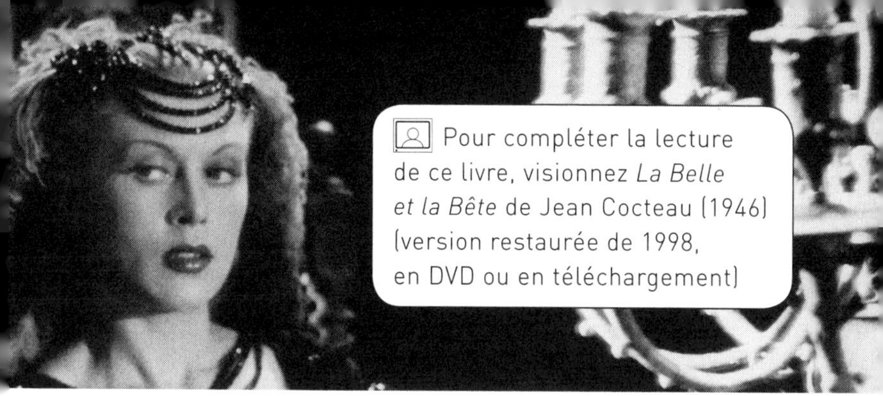

Pour compléter la lecture de ce livre, visionnez *La Belle et la Bête* de Jean Cocteau (1946) (version restaurée de 1998, en DVD ou en téléchargement)

Qui sont les personnages ?

Le père

Marchand riche et cultivé, il est père de six enfants, trois garçons et trois filles. Il se retrouve subitement ruiné, et doit quitter la ville pour une petite maison à la campagne. C'est lui qui provoquera la colère de la Bête.

La Belle

C'est la plus jeune et la plus jolie des filles du marchand. Intelligente et cultivée, elle possède aussi de nombreuses qualités morales et veut aider son père par tous les moyens possibles.

Les sœurs aînées

Superficielles et égoïstes, elles ne pensent qu'à leur plaisir et n'apportent aucune aide à leur père. De plus, elles se moquent de leur sœur cadette, la Belle, qui agit différemment, et cherchent à lui nuire.

La Bête

Immensément riche et doté de pouvoirs magiques, c'est un monstre terrifiant. Mais, malgré sa laideur, la Bête possède de nobles qualités que la Belle découvrira bientôt.

La fée

Comme une mère aimante, elle accompagne la Belle dans ses rêves, la réconforte à l'occasion et la récompense. C'est elle qui punira les méchantes sœurs à la fin de l'histoire.

Les personnages ajoutés par Cocteau

Avenant

Dans le film, la Belle n'a qu'un frère, Ludovic. Celui-ci a **un ami, Avenant**. Jeune homme amoureux de la Belle, il voudrait l'épouser. Il décide de tuer la Bête et de s'emparer de son trésor, ce qui lui fera perdre la vie.
On aperçoit aussi un **usurier** (sorte de banquier qui prête de l'argent à Ludovic et qui, pour se rembourser, vient prendre tous les meubles dans la maison du père de la Belle).

Quelle est l'histoire ?

Les circonstances

L'histoire se passe à une époque lointaine dans un pays indéfini, peut-être en France. Le château de la Bête se trouve « dans une forêt profonde » ; la maison de la Belle est située « à la campagne ».

L'action

1. Un riche marchand, subitement ruiné, doit quitter la ville et s'installer à la campagne. Ses filles aînées détestent cette nouvelle situation. Seule la cadette aide son père de son mieux et se met au travail malgré les moqueries de ses sœurs.

2. Au cours d'un voyage, le père passe la nuit dans un château merveilleux. En quittant ce lieu, il cueille une rose pour sa plus jeune fille. Apparaît alors le maître des lieux : un monstre horrible, qui le condamne à mort. Pour éviter ce châtiment cruel, le père doit convaincre une de ses filles de prendre sa place.

Gravure de G. Staal extraite de *Le Magasin des enfants* (ou *Dialogues d'une sage gouvernante avec ses élèves*) de Mme Leprince de Beaumont, 1883, Bibliothèque L'Heure Joyeuse, Paris.

Le but

Madame Leprince de Beaumont écrit cette histoire pour éduquer les enfants dont elle s'occupe. L'exemple de la Belle doit les inciter à faire preuve de générosité. Le conte apprend aussi aux jeunes filles qu'il ne faut pas avoir peur de quitter ses parents, de découvrir un autre univers, de se marier...

3. La Belle, généreuse, décide de se sacrifier et de retourner dans le château de la Bête. À son grand étonnement, elle se rend compte qu'on ne veut pas la tuer. Son séjour se prolonge et elle découvre les qualités de ce monstre qu'elle finit par trouver aimable.

4. Lors d'une visite à son père, elle comprend le réel attachement qu'elle éprouve pour la Bête, et décide de la rejoindre définitivement...

Qui a écrit *La Belle et la Bête* ?

Madame LEPRINCE DE BEAUMONT (1711-1780)

Gravure anonyme, *Mme Leprince de Beaumont*, XVIIIe siècle.

● UNE FEMME CULTIVÉE

Jeanne-Marie Leprince de Beaumont est née le 26 avril 1711 à Rouen. Elle perd sa mère très jeune et passe toute son adolescence dans une maison d'éducation pour jeunes filles. En 1736, elle devient éducatrice pour enfants.

● DES LIVRES POUR LES JEUNES

Elle épouse en 1746 Antoine Grimard de Beaumont, mais ce mariage ne la rend pas heureuse. Elle se consacre à l'écriture de contes moraux, de réflexions sous forme de questions et réponses, de lettres... Elle veut instruire et distraire en même temps, et donne le nom de « magasin » à plusieurs recueils.

● L'AUTEUR D'UN CONTE RESTÉ CÉLÈBRE

En 1757, elle publie le conte *La Belle et la Bête* dans le *Magasin des Enfants*. Ce conte, qui traite de l'amour, de la rédemption et du mariage, obtient un vrai succès. Il sera adapté au cinéma, en film ou en dessin animé, à l'opéra, et reste une œuvre très appréciée dans de nombreux pays.

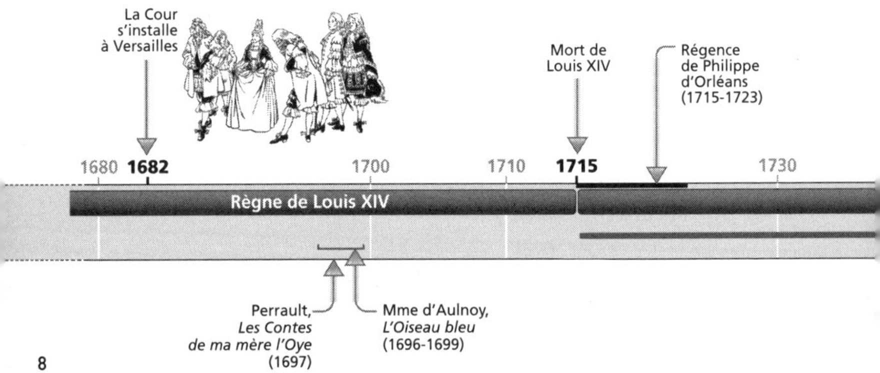

Que se passe-t-il à l'époque ?

● LE RÈGNE DE LOUIS XV

De 1715 à 1774, le roi de France est Louis XV. Arrière-petit-fils de Louis XIV (le « Roi Soleil »), il est proclamé roi à cinq ans, mais commence véritablement à gouverner à quatorze ans. Très apprécié du peuple, il est surnommé « Le Bien-aimé ». La France est puissante : elle étend son domaine sur le continent (la Lorraine et la Corse deviennent françaises), même si elle perd des colonies à l'étranger.

● LE SIÈCLE DES LUMIÈRES

Des philosophes, des intellectuels et des savants font progresser le savoir, luttent contre les préjugés et l'intolérance. Diderot et d'Alembert consacrent vingt ans de leur vie à la réalisation de l'Encyclopédie, qui traite de toutes les sciences, connaissances et techniques. Il faut « éclairer toute chose à la lumière de la raison ».

● LE RAYONNEMENT DE LA CULTURE FRANÇAISE

La langue française remplace définitivement le latin, et devient synonyme de culture, au point que les étrangers lettrés se flattent de la parler. C'est la langue officielle dans les cours européennes. L'architecture française est imitée en Allemagne et en Russie. Les peintures de Watteau sont très recherchées par les grands princes et les collectionneurs.

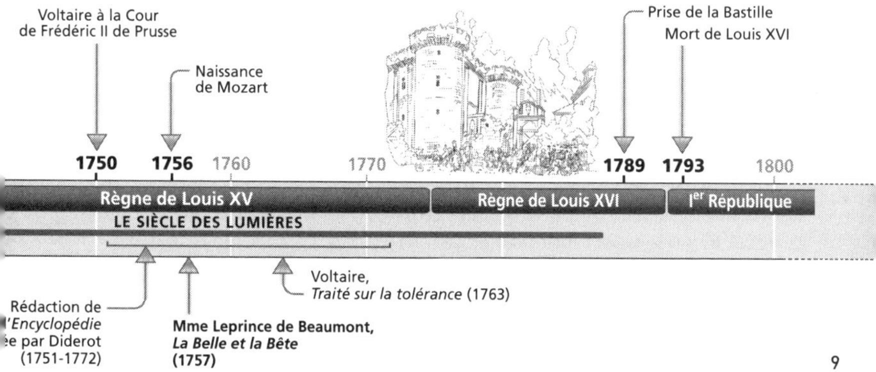

Comment le conte a-t-il été adapté au cinéma par Jean Cocteau ?

Le réalisateur Jean Cocteau sur le tournage du film *La Belle et la Bête* en 1945.

Jean Cocteau (1889-1963)

● UN ARTISTE ÉCLECTIQUE

Jean Cocteau est né le 5 juillet 1889. Il publie son premier recueil de poésie, *La Lampe d'Aladin*, à l'âge de vingt ans. Mais très vite, il s'intéresse à d'autres formes d'art : la danse contemporaine, la peinture, la musique, le théâtre.
Il crée un grand réseau d'artistes en tout genre, et il collabore notamment avec Picasso et le musicien Erik Satie. Il est à l'origine du mouvement surréaliste, avec André Breton.
Il se passionne également pour le cinéma : il est le président du Festival de Cannes en 1953 et 1954.

● UN POÈTE AVANT TOUT

Cependant, bien qu'il rencontre le succès dans toutes ses activités littéraires et artistiques, Jean Cocteau ne cesse de répéter qu'il est « poète avant tout ».

Le film *La Belle et la Bête*

● LA GENÈSE DU FILM

C'est le comédien Jean Marais qui propose à Jean Cocteau, juste à la fin de la Seconde Guerre mondiale, de faire un film racontant l'histoire de *La Belle et la Bête*. Cocteau trouve l'idée excellente : il rêvait depuis longtemps de mettre en scène des contes de fées.

● LES MODIFICATIONS DE JEAN COCTEAU

Il modifie un peu l'histoire de Madame Leprince de Beaumont, en ajoutant des personnages, comme celui d'Avenant, un jeune homme amoureux de la Belle, auquel la Bête emprunte finalement son apparence quand elle reprend un visage humain.
Jean Cocteau réalise également beaucoup de trucages pour rendre l'histoire encore plus « merveilleuse ».

● LE CHOIX DES ACTEURS

Dans le film paru en 1946, les rôles principaux sont tenus par **Josette Day** (dans le rôle de la Belle) et **Jean Marais**, qui interprète trois personnages différents : Avenant, la Bête et le Prince.

Le réalisateur Jean Cocteau et les acteurs Jean Marais et Josette Day sur le tournage du film *La Belle et la Bête* en 1945.

La préface de Jean Cocteau pour *La Belle et la Bête*

L'enfance croit ce qu'on lui raconte et ne le met pas en doute. Elle croit qu'une rose qu'on cueille peut attirer des drames dans une famille.
Elle croit que les mains d'une bête humaine qui tue se mettent à fumer et que cette bête en a honte lorsqu'une jeune fille habite sa maison.
Elle croit mille autres choses bien naïves.
C'est un peu de cette naïveté que je vous demande et, pour nous porter chance à tous, laissez-moi vous dire quatre mots magiques, véritable *Sésame ouvre-toi* de l'enfance : « Il était une fois... »

L'interview imaginaire de Jean Cocteau

Imaginons ce qu'aurait répondu Jean Cocteau si on lui avait posé les questions suivantes, en nous aidant de ce que raconte l'acteur Jean Marais dans la Préface du scénario du film, publié en 1946.

« **Comment vous est venue l'idée de réaliser *La Belle et la Bête* ?**

Je cherchais un titre pour une pièce de théâtre que je venais d'écrire, et je pensais l'appeler *La Belle et la Bête*. Mais Jean Marais m'a dit : « Oh non ! J'aimerais tant que tu fasses un film avec *La Belle et la Bête* ! ». J'aime beaucoup les contes de fées, et j'avais envie depuis longtemps de faire un film sur un conte. J'ai donc trouvé un autre titre pour ma pièce, et j'ai commencé à écrire le scenario du film.

Est-ce qu'il a été facile de réaliser ce film ?

Oh non ! Il y a eu de nombreuses difficultés. Tout d'abord, c'était la guerre. Jean Marais, par exemple, s'est engagé dans la division Leclerc. À la fin de la guerre, quand on a reparlé du projet, beaucoup pensaient que le film ne plairait pas. Ensuite, de nombreuses difficultés matérielles se sont accumulées : manque d'argent, manque d'électricité, manque de pellicule… J'ai même été souvent malade, c'était vraiment compliqué.

Qu'est-ce qui vous a donné l'idée de représenter la Bête ainsi ?

J'ai d'abord eu envie de la représenter avec une tête de cerf, majestueuse. Mais la Bête doit être effrayante, et j'ai finalement choisi un carnassier. J'ai pensé à une tête de lion, mais je me suis inspiré aussi du chien de Jean Marais, Moulouk.

Le maquillage de Jean Marais durait cinq heures : trois pour le visage, une pour chaque main. Le masque était fait comme une perruque, chaque poil était monté sur du tulle !

Jean Marais et Josette Day, au maquillage lors du tournage du film *La Belle et la Bête* en 1945.

Vous avez ajouté beaucoup d'éléments magiques qui ne sont pas dans le texte…

Je pense qu'un conte doit être absolument féérique, surnaturel. Je trouvais plus poétique de faire un décor noir, avec quelques éléments éclairés. Les éléments surnaturels, comme les candélabres qui s'éclairent tout seuls, montrent l'aspect étrange du lieu et de ce qui s'y passe. J'ai inventé beaucoup de trucages ou d'effets spéciaux dans ce but.

Le film a-t-il remporté un grand succès ?

Le film a eu un énorme succès, mais pas tout de suite… Un succès lent, sans tapage, presque secret. Mais c'est un succès qui a duré très longtemps !

Photogramme extrait du film *La Belle et la Bête* de Jean Cocteau (1946).

LES TEXTES

La Belle et la Bête

La Belle et la Bête

DE MADAME LEPRINCE DE BEAUMONT (1757)

Il y avait une fois un marchand qui était extrêmement riche. Il avait six enfants, trois garçons et trois filles, et comme ce marchand était un homme d'esprit[1], il n'épargna rien pour l'éducation de ses enfants et leur donna toutes sortes de maîtres.

Ses filles étaient très belles ; mais la cadette[2] surtout se faisait admirer et on ne l'appelait, quand elle était petite, que la *Belle Enfant* ; en sorte que le nom lui en resta, ce qui donna beaucoup de jalousie à ses sœurs. Cette cadette, qui était plus belle que ses sœurs, était aussi meilleure qu'elles. Les deux aînées avaient beaucoup d'orgueil parce qu'elles étaient riches : elles faisaient les dames, et ne voulaient pas recevoir les visites des autres filles de marchands. Elles allaient tous les jours au bal, à la comédie[3], à la promenade, et se moquaient de leur cadette, qui employait la plus grande partie de son temps à lire de bons livres.

Comme on savait que ces filles étaient fort riches, plusieurs gros marchands les demandèrent en mariage, mais les deux aînées répondirent qu'elles ne se marieraient jamais, à moins qu'elles ne trouvassent un duc, ou tout au moins un comte. La

1. **Homme d'esprit** : homme intelligent et cultivé.
2. **Cadette** : la fille plus jeune.
3. **À la comédie** : au théâtre.

Les deux filles aînées veulent épouser un homme ayant un titre de noblesse élevé : un duc ou un comte (les titres de noblesse, du plus bas au plus haut, sont : chevalier, banneret, baron, vicomte, comte, marquis, duc).

Belle remercia bien honnêtement[1] ceux qui voulaient l'épouser ; mais elle leur dit qu'elle était trop jeune et qu'elle souhaitait tenir compagnie à son père pendant quelques années.

Tout d'un coup, le marchand perdit son bien[2] et il ne lui resta qu'une petite maison de campagne, bien loin de la ville. Il dit en pleurant à ses enfants qu'il leur fallait aller dans cette maison et qu'en travaillant comme des paysans, ils y pourraient vivre. Ses deux filles aînées répondirent qu'elles ne voulaient pas quitter la ville et qu'elles connaissaient des jeunes gens qui seraient trop heureux de les épouser, quoiqu'elles n'eussent plus de fortune.

Ces demoiselles se trompaient : leurs amis ne voulurent plus les regarder quand elles furent pauvres. Comme personne ne les aimait, à cause de leur fierté[3], on disait :

« Elles ne méritent pas qu'on les plaigne ! Nous sommes bien aises[4] de voir leur orgueil abaissé : qu'elles aillent faire les dames en gardant les moutons ! »

Mais en même temps, tout le monde disait :

« Pour la Belle, nous sommes bien fâchés de son malheur : c'est une si bonne fille ! Elle parlait aux pauvres gens avec tant de bonté ; elle était si douce, si honnête ! »

Il y eut même plusieurs gentilshommes qui voulurent l'épouser, quoiqu'elle n'eût pas un sou. Mais elle leur dit qu'elle ne pouvait se résoudre à abandonner son pauvre père dans son malheur, et qu'elle le suivrait à la campagne pour le consoler et l'aider à travailler.

1. **Bien honnêtement** : bien poliment.
2. **Son bien** : ce qu'il possédait, sa fortune.
3. **Leur fierté** : leur orgueil.
4. **Bien aises** : bien contents.

Au XVIIIe siècle, on appelle « honnêteté » tout ce qui caractérise une personne bien élevée et cultivée, qui se comporte de façon élégante et polie en société.

Quand ils furent arrivés à leur maison de campagne, le marchand et ses trois fils s'occupèrent à labourer la terre. La Belle se levait à quatre heures du matin et se dépêchait de nettoyer la maison et de préparer à dîner ➲ pour la famille. Elle eut d'abord beaucoup de peine, car elle n'était pas habituée à travailler comme une servante ; mais, au bout de deux mois, elle devint plus forte et la fatigue lui donna une santé parfaite. Quand elle avait fait son ouvrage[1], elle lisait, jouait du clavecin[2], ou bien chantait en filant[3].

Ses deux sœurs, au contraire, s'ennuyaient à mort ; elles se levaient à dix heures du matin, se promenaient toute la journée, et regrettaient leurs beaux habits et leurs amis.

« Voyez notre cadette, disaient-elles entre elles, elle est si stupide qu'elle se contente de sa malheureuse situation. »

Le bon marchand ne pensait pas comme ses filles. Il savait que la Belle était plus propre que ses sœurs à briller en société ➲. Il admirait la vertu[4] de cette jeune fille et surtout sa patience ; car ses sœurs, non contentes de lui laisser faire tout l'ouvrage de la maison, l'insultaient à tout moment.

Il y avait un an que cette famille vivait dans la solitude, lorsque le marchand reçut une lettre par laquelle on lui annonçait qu'un vaisseau[5], sur lequel il avait des marchandises, venait d'arriver sans encombre. Cette nouvelle faillit faire tourner la tête à ses deux aînées qui pensaient qu'enfin elles pourraient quitter cette campagne où elles s'ennuyaient tant. Quand elles virent leur

---

1. **Ouvrage** : ici, travail.
2. **Clavecin** : ancêtre du piano.
3. **En filant** : en transformant en fil la laine, le coton ou le lin, pour pouvoir ensuite le tisser ou le tricoter.
4. **Vertu** : ici, le courage.
5. **Vaisseau** : navire.

➲ **À l'époque, on appelle « dîner » le repas de midi. On déjeune quand on se lève, et le repas du soir s'appelle le souper.**

➲ **Le marchand sait que sa plus jeune fille serait davantage admirée dans les réceptions mondaines que ses sœurs, grâce à son élégance et sa culture.**

père prêt à partir, elles le prièrent de leur apporter des robes, des palatines[1], des coiffures[2], et toutes sortes de bagatelles[3]. La Belle ne lui demandait rien, car elle pensait que tout l'argent des marchandises ne suffirait pas à acheter ce que ses sœurs souhaitaient.

« Tu ne me pries pas de t'acheter quelque chose ? lui demanda son père.

– Puisque vous avez la bonté de penser à moi, lui dit-elle, je vous prie de m'apporter une rose, car on n'en trouve point ici. »

Ce n'est pas que la Belle se souciât d'une rose, mais elle ne voulait pas condamner, par son exemple, la conduite de ses sœurs qui auraient dit que c'était pour se distinguer qu'elle ne demandait rien ➲.

Le bonhomme[4] partit. Mais quand il fut arrivé, on lui fit un procès pour ses marchandises. Et, après avoir eu beaucoup de peine, il revint aussi pauvre qu'il était auparavant. Il n'avait plus que trente milles[5] à parcourir avant d'arriver à sa maison et il se réjouissait déjà du plaisir de voir ses enfants. Mais, comme il fallait traverser un grand bois avant de trouver sa maison, il se perdit. Il neigeait horriblement ; le vent soufflait si fort qu'il le jeta deux fois à bas de son cheval. La nuit étant venue, il pensa qu'il mourrait de faim ou de froid, ou qu'il serait mangé par des loups qu'il entendait hurler autour de lui.

1. **Palatines** : ornements de fourrure que les grandes dames portaient autour du cou.
2. **Coiffures** : ici, chapeaux.
3. **Bagatelles** : ici, toutes sortes de bijoux et ornements.
4. **Bonhomme** : à l'époque, « homme bon ».
5. **Mille** : ancienne mesure de distance, correspondant à peu près à 1,6 km.

➲ **La Belle n'a pas vraiment envie d'une rose, mais elle ne veut pas faire honte à ses sœurs, qui exigent tant. Elle demande donc elle aussi un cadeau à son père, mais quelque chose qui ne coûte rien ou presque.**

Tout d'un coup, en regardant au bout d'une longue allée d'arbres, il vit une grande lumière, mais qui paraissait bien éloignée. Il marcha de ce côté-là et vit que cette lumière venait d'un grand palais, qui était tout illuminé. Le marchand remercia Dieu du secours qu'il lui envoyait et se hâta d'arriver à ce château ; mais il fut bien surpris de ne trouver personne dans les cours. Son cheval qui le suivait, voyant une grande écurie ouverte, entra dedans ; ayant trouvé du foin et de l'avoine, le pauvre animal, qui mourait de faim, se jeta dessus avec beaucoup d'avidité[1]. Le marchand l'attacha dans l'écurie et marcha vers la maison, où il ne trouva personne ; mais étant entré dans une grande salle, il y trouva un bon feu et une table chargée de viandes ➲, où il n'y avait qu'un couvert.

Comme la pluie et la neige l'avaient mouillé jusqu'aux os, il s'approcha du feu pour se sécher et disait en lui-même : « Le maître de la maison ou ses domestiques me pardonneront la liberté que j'ai prise, et sans doute ils viendront bientôt. » Il attendit pendant un temps considérable ; mais onze heures ayant sonné sans qu'il vît personne, il ne put résister à la faim et prit un poulet qu'il mangea en deux bouchées, et en tremblant. Il but aussi quelques coups de vin ; devenu plus hardi[2], il sortit de la salle et traversa plusieurs grands appartements magnifiquement meublés. À la fin, il trouva une chambre où il y avait un bon lit et, comme il était minuit passé et qu'il était las[3], il prit le parti de fermer la porte et de se coucher.

1. **Avidité** : désir fort et incontrôlé.
2. **Devenu plus hardi** : ayant repris du courage, de l'assurance...
3. **Las** : très fatigué.

➲ **À l'époque, on appelle « viandes » toutes sortes de nourritures (pain, viande, légumes, etc.).**

Il était dix heures du matin quand il s'éveilla le lendemain et il fut bien surpris de trouver un habit fort propre à la place du sien qui était tout gâté ➲. « Assurément, pensa-t-il, ce palais appartenait à quelque bonne fée qui a eu pitié de ma situation. » Il regarda par la fenêtre et ne vit plus de neige, mais des berceaux de fleurs ➲ qui enchantaient la vue. Il entra dans la grande salle où il avait soupé la veille et vit une petite table où il y avait du chocolat[1].

« Je vous remercie, madame la fée, dit-il tout haut, d'avoir eu la bonté de penser à mon déjeuner. »

Le bonhomme, après avoir pris son chocolat, sortit pour aller chercher son cheval et, comme il passait sous un berceau de roses, il se souvint que la Belle lui en avait demandé, et cueillit une branche où il y en avait plusieurs.

À cet instant il entendit un grand bruit et vit venir à lui une Bête si horrible qu'il fut tout près de s'évanouir.

« Vous êtes bien ingrat[2], lui dit la Bête d'une voix terrible : je vous ai sauvé la vie en vous recevant dans mon château et, pour ma peine, vous me volez mes roses que j'aime mieux que toute chose au monde : il vous faut mourir pour réparer votre faute. Je ne vous donne qu'un quart d'heure pour demander pardon à Dieu. »

Le marchand se jeta à genoux et dit à la Bête, en joignant les mains :

---

1. Chocolat : ici, une tasse de chocolat chaud.
2. Ingrat : qui n'est pas reconnaissant, qui ne sait pas remercier.

➲ **Il trouve un habit en très bon état, alors que le sien était usé et abîmé.**

➲ **Les fleurs forment des sortes de tonnelles, qui ressemblent à des berceaux à l'envers.**

« Monseigneur, pardonnez-moi, je ne croyais pas vous offenser en cueillant une rose pour une de mes filles, qui m'en avait demandé.

– Je ne m'appelle point *Monseigneur*, répondit le monstre, mais *la Bête*. Je n'aime pas les compliments, moi, je veux qu'on dise ce qu'on pense ; ainsi ne croyez pas me toucher par vos flatteries[1]. Mais vous m'avez dit que vous aviez des filles. Je veux bien vous pardonner, à condition qu'une de vos filles vienne volontairement pour mourir à votre place. Ne discutez pas, partez ! Et si vos filles refusent de mourir pour vous, jurez que vous reviendrez dans trois mois. »

Le bonhomme n'avait pas dessein[2] de sacrifier une de ses filles à ce vilain monstre ; mais il pensa : « Du moins j'aurai le plaisir de les embrasser encore une fois. » Il jura donc de revenir, et la Bête lui dit qu'il pourrait partir quand il voudrait. « Mais, ajouta-t-elle, je ne veux pas que tu t'en ailles les mains vides. Retourne dans la chambre où tu as couché, tu y trouveras un grand coffre vide, tu peux y mettre tout ce qui te plaira, je le ferai porter chez toi. »

En même temps la Bête se retira et le bonhomme se dit : « S'il faut que je meure, j'aurai la consolation de laisser du pain ➲ à mes pauvres enfants. »

Il retourna dans la chambre où il avait couché ; y ayant trouvé une grande quantité de pièces d'or, il remplit le coffre dont la Bête lui avait parlé, le ferma et, ayant repris son cheval qu'il retrouva dans l'écurie, il sortit de ce palais avec une tristesse égale à la joie qu'il avait lorsqu'il y était entré. Son cheval prit de lui-même une des routes de la forêt et, en peu d'heures, le bonhomme arriva

1. **Flatteries** : compliments, paroles qui cherchent à plaire.
2. **N'avait pas dessein** : n'avait pas l'intention.

➲ **Le marchand pense que s'il doit mourir, il a là l'occasion de laisser quelques richesses à ses enfants.**

dans sa petite maison. Ses enfants se rassemblèrent autour de lui ; mais, au lieu d'être sensible à leurs caresses, le marchand se mit à pleurer en les regardant. Il tenait à la main la branche de roses qu'il apportait à la Belle ; il la lui donna et lui dit : « La Belle, prenez ces roses ! Elles coûtent bien cher à votre malheureux père. » Et, tout de suite, il raconta à sa famille la funeste[1] aventure qui lui était arrivée.

À ce récit, ses deux aînées jetèrent de grands cris, et dirent des injures à la Belle, qui ne pleurait point.

« Voyez ce que produit l'orgueil de cette petite créature ➲, disaient-elles. Que ne demandait-elle des robes comme nous : mais non, mademoiselle voulait se distinguer ! Elle va causer la mort de notre père, et elle ne pleure pas.

– Cela serait fort inutile, reprit la Belle : pourquoi pleurerais-je la mort de mon père ? Il ne périra[2] point. Puisque le monstre veut bien accepter une de ses filles, je veux me livrer à toute sa furie et je me trouve fort heureuse puisqu'en mourant j'aurai la joie de sauver mon père et de lui prouver ma tendresse.

– Non, ma sœur, lui dirent ses trois frères, vous ne mourrez pas : nous irons trouver ce monstre, nous périrons sous ses coups si nous ne pouvons le tuer.

– Ne l'espérez pas, mes enfants ! leur dit le marchand. La puissance de la Bête est si grande qu'il ne me reste aucune espérance de la faire périr. Je suis charmé du bon cœur de la Belle, mais je ne veux pas l'exposer à la mort. Je suis vieux, il ne me reste que peu de temps à vivre ; ainsi je ne perdrai que quelques années de vie que je ne regrette qu'à cause de vous, mes chers enfants.

1. **Funeste** : qui annonce la mort.
2. **Périra** : mourra.

➲ **Les deux sœurs appellent la Belle « créature », ce qui la réduit à une sorte d'objet. Ce mot est donc, ici, très dévalorisant, péjoratif.**

– Je vous assure, mon père, dit la Belle, que vous n'irez pas à ce palais sans moi : vous ne pouvez m'empêcher de vous suivre. Quoique je sois jeune, je ne suis pas fort attachée à la vie, et j'aime mieux être dévorée par ce monstre que de mourir du chagrin que me donnerait votre perte. »

On eut beau dire, la Belle voulut absolument partir pour le beau palais, et ses sœurs en étaient charmées parce que les vertus[1] de cette cadette leur avaient inspiré beaucoup de jalousie.

Le marchand était si occupé de la douleur de perdre sa fille qu'il ne pensait pas au coffre qu'il avait rempli d'or ; mais aussitôt qu'il se fut enfermé dans sa chambre pour se coucher, il fut bien étonné de le trouver au pied de son lit. Il résolut de ne point dire à ses enfants qu'il était devenu riche, parce que ses filles auraient voulu retourner à la ville et qu'il était résolu[2] de mourir dans cette campagne, mais il confia ce secret à la Belle qui lui apprit qu'il était venu quelques gentilshommes pendant son absence, qu'il y en avait deux qui aimaient ses sœurs. Elle pria son père de les marier ➋ ; car la Belle était si bonne qu'elle les aimait et leur pardonnait de tout son cœur le mal qu'elles lui avaient fait.

Ces méchantes filles se frottèrent les yeux avec un oignon pour pleurer lorsque la Belle partit avec son père ; mais ses frères pleuraient tout de bon aussi bien que le marchand. Il n'y avait que la Belle qui ne pleurait point parce qu'elle ne voulait pas augmenter leur douleur.

Le cheval prit la route du palais et, sur le soir, ils l'aperçurent illuminé comme la première fois. Le cheval alla tout seul à l'écurie et le bonhomme entra avec sa fille dans la grande

1. **Vertus** : ici, qualités.
2. **Il était résolu** : il avait décidé.

➋ **La Belle souhaite que son père donne tout son or à ses sœurs, pour qu'elles fassent un beau mariage.**

LECTURE ACTIVE 1

Le sacrifice de la Belle • l. 1 à 217

As-tu bien lu ?

1 Combien le marchand a-t-il d'enfants ? Comment s'appelle la plus jeune ?

2 Pourquoi le marchand doit-il quitter la ville pour la campagne ?

3 Que compte-t-il récupérer lorsqu'il part en voyage ?

- ☐ des vêtements neufs pour ses enfants.
- ☐ des marchandises sur un bateau.
- ☐ de l'argent qu'il a prêté.

4 Pourquoi le marchand est-il condamné à mort par la Bête ?

5 Comment réagissent les sœurs lorsque la Belle propose de partir pour le château de la Bête ?

l'atelier

Mettre en scène les adieux de la Belle

▸ ***Objectif.*** Transposer un passage de récit en saynète.

▸ ***Préparation.*** Par groupe de sept, les élèves relisent les trois dernières lignes du passage. Ensuite, ils imaginent et rédigent les paroles prononcées par les différents personnages au moment du départ (au moins une phrase par personnage) et rédigent également les didascalies précisant le ton des paroles, les gestes qui les accompagnent, etc.

▸ ***Réalisation.*** Chaque groupe présente et joue devant la classe la saynète qu'il a préparée.

▸ ***Réfléchir ensemble.*** Les divers sentiments des personnages ont-ils été bien traduits ? Comment exprime-t-on le chagrin véritable d'un personnage ? À quoi reconnaît-on au contraire une douleur simulée ?

salle où ils trouvèrent une table magnifiquement servie, avec deux couverts. Le marchand n'avait pas le cœur de manger, mais la Belle, s'efforçant de paraître tranquille, se mit à la table et le servit. Puis elle se dit en elle-même : « La Bête veut m'engraisser avant de me manger puisqu'elle me fait faire si bonne chère[1]. »

Quand ils eurent soupé, ils entendirent un grand bruit. Le marchand dit adieu à sa pauvre fille en pleurant car il pensait que c'était la Bête. La Belle ne put s'empêcher de frémir en voyant cette horrible figure, mais elle se rassura de son mieux et, le monstre lui ayant demandé si c'était de bon cœur qu'elle était venue, elle lui dit en tremblant que oui.

« Vous êtes bien bonne, lui dit la Bête, et je vous suis bien obligé[2]. Bonhomme, partez demain matin et ne vous avisez jamais de revenir ici. Adieu, la Belle !

– Adieu, la Bête », répondit-elle, et tout de suite le monstre se retira.

« Ah ! ma fille, dit le marchand en embrassant la Belle, je suis à demi mort de frayeur. Croyez-moi, laissez-moi ici ➲.

– Non, mon père, lui dit la Belle avec fermeté, vous partirez demain matin et vous m'abandonnerez au secours du Ciel[3] ; peut-être aura-t-il pitié de moi. »

Ils allèrent se coucher et croyaient ne pas dormir de toute la nuit ; mais à peine furent-ils dans leurs lits que leurs yeux se fermèrent. Pendant son sommeil, la Belle vit une dame qui lui dit :

1. **Faire bonne chère** : faire un repas copieux et délicieux.
2. **Obligé** : reconnaissant.
3. **Ciel** : Dieu.

➲ **À l'époque, le vouvoiement est fréquent entre les parents et les enfants.**

« Je suis contente de votre bon cœur, la Belle. La bonne action que vous faites, en donnant votre vie pour sauver celle de votre père, ne demeurera[1] pas sans récompense. »

La Belle, s'éveillant, raconta ce songe[2] à son père, et, quoiqu'il le consolât un peu, cela ne l'empêcha pas de jeter de grands cris quand il fallut se séparer de sa chère fille.

Lorsqu'il fut parti, la Belle s'assit dans la grande salle et se mit à pleurer aussi. Mais comme elle avait beaucoup de courage, elle se recommanda à Dieu et résolut de ne se point chagriner pour le peu de temps qu'elle avait à vivre car elle croyait fermement que la Bête la mangerait le soir. Elle résolut de se promener en attendant et de visiter ce beau château.

Elle ne pouvait s'empêcher d'en admirer la beauté. Mais elle fut bien surprise de trouver une porte sur laquelle il y avait écrit : *Appartement de la Belle.* Elle ouvrit cette porte avec précipitation et fut éblouie de la magnificence ➲ qui y régnait. Mais ce qui frappa le plus sa vue fut une grande bibliothèque, un clavecin et plusieurs livres de musique. « On ne veut pas que je m'ennuie », dit-elle tout bas. Elle pensa ensuite : « Si je n'avais qu'un jour à demeurer ici, on ne m'aurait pas ainsi pourvue ➲. » Cette pensée ranima son courage. Elle ouvrit la bibliothèque et vit un livre où il y avait écrit en lettres d'or : *Souhaitez, commandez : vous êtes ici la reine et la maîtresse.* « Hélas ! dit-elle en soupirant, je ne souhaite rien que de voir mon pauvre père et de savoir ce qu'il fait à présent. » Elle avait dit cela en elle-même.

---

1. **Ne demeurera pas** : ne restera pas.
2. **Songe** : rêve.

➲ **Belle est éblouie, elle trouve tout magnifique.**

➲ **« Si je devais rester ici seulement un jour, on ne m'aurait pas donné tout cela. »**

Quelle fut sa surprise, en jetant les yeux sur un grand miroir, d'y voir sa maison où son père arrivait avec un visage extrêmement triste ! Ses sœurs venaient au-devant de lui et, malgré les grimaces qu'elles faisaient pour paraître affligées[1], la joie qu'elles avaient de la perte de leur sœur paraissait sur leur visage. Un moment après, tout cela disparut, et la Belle ne put s'empêcher de penser que la Bête était bien complaisante[2] et qu'elle n'avait rien à craindre.

À midi, elle trouva la table mise et, pendant son dîner[3], elle entendit un excellent concert, quoiqu'elle ne vît personne. Le soir, comme elle allait se mettre à table, elle entendit le bruit que faisait la Bête et ne put s'empêcher de frémir.

« La Belle, lui dit ce monstre, voulez-vous bien que je vous voie souper ➲ ?

– Vous êtes le maître, répondit la Belle en tremblant.

– Non, reprit la Bête, il n'y a ici de maîtresse que vous. Vous n'avez qu'à me dire de m'en aller si je vous ennuie ; je sortirai tout de suite. Dites-moi, n'est-ce pas que vous me trouvez bien laid ?

– Cela est vrai, dit la Belle, car je ne sais pas mentir ; mais je crois que vous êtes fort bon.

– Vous avez raison, dit le monstre. Mais outre que[4] je suis laid, je n'ai point d'esprit : je sais bien que je ne suis qu'une Bête.

– On n'est pas bête, reprit la Belle, quand on croit n'avoir point d'esprit. Un sot n'a jamais su cela ➲.

1. **Affligées** : tristes, pleines de chagrin.
2. **Complaisant (e)** : qui cherche à faire plaisir, à rendre service.
3. **Dîner** : voir note page 18.
4. **Outre que** : en plus du fait que.

➲ **« Acceptez-vous que je vous regarde pendant que vous mangez ? »**

➲ **La Belle répond à la Bête qu'elle est intelligente : quand on est stupide, on ne s'en rend pas compte.**

– Mangez donc, la Belle, dit le monstre, et tâchez de ne point vous ennuyer dans votre maison car tout ceci est à vous, et j'aurais du chagrin si vous n'étiez pas contente.

– Vous avez bien de la bonté, dit la Belle. Je vous assure que je suis contente de votre cœur. Quand j'y pense, vous ne me paraissez plus si laid.

– Oh ! dame, oui ! répondit la Bête. J'ai le cœur bon, mais je suis un monstre.

– Il y a bien des hommes qui sont plus monstres que vous, dit la Belle, et je vous aime mieux avec votre figure que ceux qui, avec la figure d'homme, cachent un cœur faux, corrompu, ingrat.

– Si j'avais de l'esprit, reprit la Bête, je vous ferais un grand compliment pour vous remercier ; mais je suis un stupide, et tout ce que je puis vous dire, c'est que je vous suis bien obligé. »

La Belle soupa de bon appétit. Elle n'avait presque plus peur du monstre, mais elle manqua[1] mourir de frayeur lorsqu'il lui dit :

« La Belle, voulez-vous être ma femme ? »

Elle fut quelque temps[2] sans répondre : elle avait peur d'exciter la colère du monstre en refusant sa proposition. Elle lui dit enfin en tremblant :

« Non, la Bête. »

Dans le moment[3], ce pauvre monstre voulut soupirer et il fit un sifflement si épouvantable que tout le palais en retentit ; mais la Belle fut bientôt rassurée, car la Bête, lui ayant dit tristement « Adieu donc, la Belle », sortit de la chambre en se retournant de temps en temps pour la regarder encore. Belle, se voyant seule, sentit une

1. **Elle manqua** : elle faillit.
2. **Quelque temps** : un moment.
3. **Dans le moment** : à ce moment-là.

« Oui », ici, veut dire « si ». (« Oh si, répondit la Bête, je suis bon, mais je suis un monstre ».)

grande compassion[1] pour cette pauvre Bête. « Hélas ! disait-elle, c'est bien dommage qu'elle soit si laide, elle est si bonne ! »

Belle passa trois mois dans ce palais avec assez de tranquillité. Tous les soirs, la Bête lui rendait visite et parlait avec elle pendant le souper avec assez de bon sens, mais jamais avec ce qu'on appelle esprit dans le monde ➲. Chaque jour, Belle découvrait de nouvelles bontés dans ce monstre : l'habitude de la voir l'avait accoutumée[2] à sa laideur et, loin de craindre le moment de sa visite, elle regardait souvent sa montre pour voir s'il était bientôt neuf heures, car la Bête ne manquait jamais de venir à cette heure-là.

Il n'y avait qu'une chose qui faisait de la peine à la Belle, c'est que le monstre, avant de se coucher, lui demandait toujours si elle voulait être sa femme et paraissait pénétré de douleur lorsqu'elle lui disait que non. Elle lui dit un jour :

« Vous me chagrinez, la Bête ! Je voudrais pouvoir vous épouser, mais je suis trop sincère pour vous faire croire que cela arrivera jamais[3] : je serai toujours votre amie ; tâchez de vous contenter de cela.

– Il le faut bien, reprit la Bête. Je me rends justice ! Je sais que je suis horrible, mais je vous aime beaucoup. Aussi, je suis trop heureux de ce que vous vouliez bien rester ici. Promettez-moi que vous ne me quitterez jamais ! »

La Belle rougit à ces paroles. Elle avait vu, dans son miroir, que son père était malade de chagrin de l'avoir perdue et elle souhaitait le revoir.

« Je pourrais bien vous promettre de ne vous jamais quitter tout à fait, mais j'ai tant envie de revoir mon père que je mourrai de douleur si vous me refusez ce plaisir.

---

1. **Compassion** : pitié.
2. **Accoutumée** : habituée.
3. **Jamais** : ici, un jour.

➲ **La bête se montre intelligente, mais n'a pas de conversation brillante, ne fait pas de jeux de mots...**

LECTURE ACTIVE 2

Vivre avec un monstre • l. 218 à 323

As-tu bien lu ?

1 Que trouvent la Belle et son père, lorsqu'ils arrivent au château ?

2 Que découvre la Belle en visitant la demeure de la Bête ?

3 Quelles sont les choses que la Bête a rassemblées pour distraire la Belle ?

☐ des gâteaux et des friandises.
☐ des jeux et des jouets divers.
☐ des livres et un clavecin.

4 Grâce à quel objet la Belle peut-elle savoir ce que fait son père ?

5 La Belle se fait-elle dévorer par la Bête, comme elle le craignait ?

l'atelier

Représenter un monstre

▶ ***Objectif.*** Réaliser un montage et créer un personnage monstrueux.

▶ ***Préparation.*** Par groupes de quatre, et à partir d'un visage (photo prise dans un magazine par exemple), les élèves réalisent un montage permettant de faire le portrait de la Bête, selon leur imagination et à l'aide d'éléments humains, animaux ou végétaux...

À chaque étape de la création, ils prennent une photo ou filment le portrait à l'aide d'une tablette ou d'un téléphone portable.

▶ ***Réalisation.*** Chaque groupe présente ensuite son « monstre » à la classe, à l'aide du diaporama ou du petit film réalisé, et explique sa démarche.

▶ ***Réfléchir ensemble.*** Qu'est-ce qui rend le personnage monstrueux ? Quels éléments le rendent particulièrement repoussant ?

– J'aime mieux mourir moi-même, dit le monstre, que de vous donner du chagrin. Je vous enverrai chez votre père, vous y resterez, et votre pauvre Bête en mourra de douleur.

– Non, lui dit la Belle en pleurant, je vous aime trop pour vouloir causer votre mort. Je vous promets de revenir dans huit jours. Vous m'avez fait voir que mes sœurs sont mariées et que mes frères sont partis pour l'armée. Mon père est tout seul : acceptez que je reste chez lui une semaine.

– Vous y serez demain au matin, dit la Bête. Mais souvenez-vous de votre promesse : vous n'aurez qu'à mettre votre bague sur une table en vous couchant quand vous voudrez revenir. Adieu, la Belle ! »

La Bête soupira, selon sa coutume, en disant ces mots, et la Belle se coucha, toute triste de l'avoir affligée. Quand elle se réveilla, le matin, elle se trouva dans la maison de son père et, ayant sonné une clochette qui était à côté du lit, elle vit venir la servante qui poussa un grand cri en la voyant. Le bonhomme accourut à ce cri et manqua de mourir de joie en revoyant sa chère fille, et ils se tinrent embrassés[1] plus d'un quart d'heure.

La Belle, après les premiers transports[2], pensa qu'elle n'avait point d'habits pour se lever ; mais la servante lui dit qu'elle venait de trouver dans la chambre voisine un grand coffre plein de robes d'or, garnies de diamants. Belle remercia la bonne Bête de ses attentions. Elle prit la moins riche de ces robes et dit à la servante de ranger les autres dont elle voulait faire présent[3] à ses sœurs. Mais à peine eut-elle prononcé ces paroles que le coffre disparut. Son père lui dit que la Bête voulait qu'elle gardât tout cela pour elle, et aussitôt les robes et le coffre revinrent à la même place.

1. **Embrassés** : dans les bras l'un de l'autre.
2. **Après les premiers transports** : après toutes ces émotions.
3. **Faire présent** : offrir.

La Belle s'habilla et, pendant ce temps, on alla avertir ses sœurs qui accoururent avec leurs maris. Elles étaient toutes deux fort[1] malheureuses. L'aînée avait épousé un jeune gentilhomme beau comme l'Amour ; mais il était si amoureux de sa propre figure qu'il n'était occupé que de cela depuis le matin jusqu'au soir. La seconde avait épousé un homme qui avait beaucoup d'esprit, mais il ne s'en servait que pour faire enrager tout le monde, à commencer par sa femme ➲. Les sœurs de la Belle manquèrent de mourir de douleur quand elles la virent habillée comme une princesse, et plus belle que le jour. Rien ne put étouffer leur jalousie, qui augmenta lorsque la Belle leur eut conté combien elle était heureuse. Ces deux jalouses descendirent dans le jardin pour y pleurer tout à leur aise et elles se disaient :

« Pourquoi cette petite créature est-elle plus heureuse que nous ? Ne sommes-nous pas plus aimables qu'elle ?

– Ma sœur, dit l'aînée, il me vient une pensée ! Tâchons de l'arrêter ici plus de huit jours : sa sotte Bête se mettra en colère de ce qu'elle lui aura manqué de parole et peut-être qu'elle la dévorera.

– Vous avez raison, ma sœur, répondit l'autre. Nous ferons tout pour la retenir ici. »

Et, ayant pris cette résolution, elles remontèrent et firent tant d'amitiés[2] à leur sœur que la Belle en pleura de joie.

Quand les huit jours furent passés, les deux sœurs s'arrachèrent les cheveux, feignirent[3] tellement d'être affligées de son départ que la Belle promit de rester encore huit jours.

1. **Fort** : très.
2. **Tant d'amitiés** : tant de gentillesses.
3. **Feignirent (verbe feindre)** : firent semblant.

➲ **Les sœurs de la Belle ont épousé de mauvais maris : le premier ne s'occupe que de lui-même et de son apparence physique, l'autre ne se sert de son intelligence que pour se moquer du monde ou nuire aux autres.**

Cependant Belle se reprochait le chagrin qu'elle allait donner à sa pauvre Bête qu'elle aimait de tout son cœur. Elle s'ennuyait aussi de ne plus la voir.

La dixième nuit qu'elle passa chez son père, elle rêva qu'elle était dans le jardin du palais et qu'elle voyait la Bête couchée sur l'herbe, et prête à mourir, qui lui reprochait son ingratitude. La Belle se réveilla en sursaut et versa des larmes.

« Ne suis-je pas bien méchante, dit-elle, de donner du chagrin à une bête qui a pour moi tant de complaisance ! Est-ce sa faute si elle est si laide ? Et si elle a peu d'esprit ? Elle est bonne, cela vaut mieux que tout le reste. Pourquoi n'ai-je pas voulu l'épouser ? Je serais plus heureuse avec elle que mes sœurs avec leurs maris. Ce n'est ni la beauté ni l'esprit d'un mari qui rendent une femme contente, c'est la bonté du caractère, la vertu, et la Bête a toutes ces bonnes qualités. Je n'ai point d'amour pour elle, mais j'ai de l'estime, de l'amitié et de la reconnaissance. Allons, il ne faut pas la rendre malheureuse ! Je me reprocherais toute ma vie mon ingratitude. »

À ces mots, Belle se lève, met sa bague sur la table et revient se coucher. À peine fut-elle dans son lit qu'elle s'endormit.

Quand elle se réveilla le matin, elle vit avec joie qu'elle était dans le palais de la Bête. Elle s'habilla magnifiquement pour lui plaire et s'ennuya à mourir toute la journée, en attendant neuf heures du soir ; mais l'horloge eut beau sonner, la Bête ne parut point. La Belle alors craignit d'avoir causé sa mort. Elle courut tout le palais en jetant de grands cris ; elle était au désespoir. Après avoir cherché partout, elle se souvint de son rêve et courut dans le jardin vers le canal où elle l'avait vue en dormant.

Elle trouva la pauvre Bête étendue sans connaissance, et crut qu'elle était morte. Elle se jeta sur son corps sans avoir horreur de sa figure et, sentant que son cœur battait encore, elle prit de l'eau dans le canal et lui en jeta sur la tête. La Bête ouvrit les yeux et dit à la Belle :

« Vous avez oublié votre promesse ! Le chagrin de vous avoir perdue m'a fait résoudre[1] à me laisser mourir de faim ; mais je meurs content puisque j'ai le plaisir de vous revoir encore une fois.

– Non, ma chère Bête, vous ne mourrez point ! lui dit la Belle. Vous vivrez pour devenir mon époux. Dès ce moment, je vous donne ma main et je jure que je ne serai qu'à vous. Hélas ! je croyais n'avoir que de l'amitié pour vous, mais la douleur que je sens me fait voir que je ne pourrais vivre sans vous voir. »

À peine la Belle eut-elle prononcé ces paroles qu'elle vit le château brillant de lumières. Les feux d'artifice, la musique, tout lui annonçait une fête ; mais toutes ces beautés n'arrêtèrent point sa vue. Elle se retourna vers sa chère Bête dont l'état faisait frémir. Quelle ne fut pas sa surprise ? La Bête avait disparu, et elle ne vit plus à ses pieds qu'un prince plus beau que l'Amour, qui la remerciait d'avoir rompu son enchantement[2].

Quoique ce prince méritât toute son attention, elle ne put s'empêcher de lui demander où était la Bête.

« Vous la voyez à vos pieds, lui dit le prince. Une méchante fée m'avait condamné à rester sous cette figure jusqu'à ce qu'une belle fille consentît à m'épouser, et elle m'avait défendu de faire paraître mon esprit[3]. Ainsi il n'y avait que vous dans le monde pour vous laisser toucher par la bonté de mon caractère : en vous offrant ma couronne, je ne puis m'acquitter des obligations que j'ai pour vous ➲. »

1. **Résoudre à** : décider de.
2. **Enchantement** : sortilège.
3. **Faire paraître mon esprit** : montrer mon intelligence.

➲ **Je ne vous remercierai jamais assez, même en vous épousant et en faisant de vous une reine.**

La Belle, agréablement surprise, donna la main à ce beau prince pour le relever. Ils allèrent ensemble au château et la Belle manqua mourir de joie en trouvant, dans la grand-salle, son père et toute sa famille, que la belle dame qui lui était apparue en songe avait transportés au château.

« Belle, lui dit cette dame, qui était une grande fée, venez recevoir la récompense de votre bon choix : vous avez préféré la vertu à la beauté et à l'esprit. Vous méritez de trouver toutes ces qualités réunies en une même personne. Vous allez devenir une grande reine : j'espère que le trône ne détruira pas vos vertus. Pour vous, mesdemoiselles, dit la fée aux deux sœurs de Belle, je connais votre cœur et toute la malice[1] qu'il renferme. Devenez deux statues, mais conservez toute votre raison sous la pierre qui vous enveloppera. Vous demeurerez à la porte du palais de votre sœur, et je ne vous impose point d'autre peine que d'être témoins de son bonheur. Vous ne pourrez revenir dans votre premier état qu'au moment où vous reconnaîtrez vos fautes. Mais j'ai bien peur que vous ne restiez toujours statues. On se corrige de l'orgueil, de la colère, de la gourmandise et de la paresse, mais c'est une espèce de miracle que la conversion d'un cœur méchant et envieux. »

Dans le moment, la fée donna un coup de baguette qui transporta tous ceux qui étaient dans cette salle dans le royaume du prince. Ses sujets[2] le virent avec joie, et il épousa la Belle, qui vécut avec lui fort longtemps, et dans un bonheur parfait, parce qu'il était fondé sur la vertu.

1. **Malice** : le mal, les mauvaises choses.
2. **Sujets** : habitants de son royaume.

LECTURE ACTIVE 3

La fin du sortilège • l. 324 à 481

As-tu bien lu ?

1 Pourquoi la Belle veut-elle retourner chez son père pendant une semaine ?

2 Pourquoi ne rentre-t-elle pas à la date prévue ?

3 Qu'est-il arrivé à la Bête pendant son absence ?

4 Quel genre d'hommes ont épousé les sœurs de la Belle ?

☐ Des hommes charmants, qui les aiment et les rendent heureuses.
☐ Des hommes égoïstes et vaniteux, qui ne les aiment pas et les rendent malheureuses.

5 Quelle récompense reçoit la Belle à la fin de l'histoire ?

6 Comment les deux sœurs sont-elles punies ?

l'atelier

Faire un exposé sur les métamorphoses

▸ ***Objectif.*** Découvrir d'autres personnages ayant subi une métamorphose.

▸ ***Préparation.*** Par groupes de quatre, les élèves effectuent une recherche et réalisent une affiche présentant quatre personnages ayant subi une métamorphose, de l'Antiquité à nos jours, dans les mythes, la littérature, les dessins animés contemporains, etc.

▸ ***Réalisation.*** Chaque groupe présente et explique le contenu de son affiche à la classe. Celles-ci peuvent ensuite être exposées au CDI ou dans un lieu choisi.

▸ ***Réfléchir ensemble.*** Que signifie le mot « métamorphose », étymologiquement ? Pour quelles raisons la plupart des personnages subissent-ils une métamorphose ? En sciences, qu'appelle-t-on une métamorphose ?

La Belle et la Bête
de Jean Cocteau (1946)

Fiche technique

France, 1946, 1h40, noir et blanc

- Réalisation : Jean Cocteau
- Scénario : Jean Cocteau, d'après le conte de Mme Leprince de Beaumont
- Image : Henri Alekan
- Direction artistique (décors et costumes) : Christian Bérard
- Costumes : Antonio Castillo, Marcel Escoffier ; exécution : maison Paquin
- Décors : Lucien Carré, René Moulaert
- Son : Jacques Carrère, Jacques Lebreton
- Musique originale : Georges Auric
- Montage : Claude Ibéria
- Production : André Paulvé
- Interprétation : Jean Marais (Avenant, la Bête, le Prince), Josette Day (la Belle), Mila Parély et Nane Germon (Adélaïde et Félicie, ses sœurs), Marcel André (son père), Michel Auclair (Ludovic, son frère)

Le scénario de Jean Cocteau déroule de manière très précise toutes les séquences du film, plan par plan. À chaque plan numéroté correspondent des indications sur le cadrage et le mouvement de la caméra (en gras), des indications de mise en scène et les paroles des personnages s'il y a lieu.

Les cinq extraits du scénario qui suivent correspondent à cinq moments clés du film.

EXTRAIT 1 DU SCÉNARIO

La première apparition de la Belle

00:07:25 à 00:08:45

Nous sommes au début de l'histoire. La Belle fait le ménage dans la chambre de ses sœurs. Son frère Ludovic s'amuse à tirer à l'arc dehors avec un ami, Avenant. Une flèche entre par la fenêtre et se plante dans le plancher, manquant de peu de blesser le chien Cabriole.

Chambre des sœurs. Jour soleil.
Personnages : La Belle, Avenant, puis Ludovic.

27 ***Gros plan plongeant** sur la Belle pris par-dessus son épaule. La Belle est à genoux sur le coussin de Cabriole, dos à la fenêtre. Elle frotte le plancher sali près de la flèche. On voit sa figure apparaître en reflet dans le plancher.*

Une main (celle d'Avenant) entre dans le champ par le haut de l'image et arrache la flèche. La Belle se retourne de profil à droite vers l'appareil.

28 ***Plan moyen** de la Belle pris au ras du sol avec les bottes d'Avenant dans le champ. Avenant s'agenouille près d'elle et se cadre de face.*

AVENANT
Belle, vous n'êtes pas faite pour être une servante ; même le parquet veut devenir votre miroir.

Il la fait relever.

29 ***Plan moyen.** La Belle. Avenant. D'abord le champ vide sur la chambre. Avenant tenant la Belle entre dans l'image par le bas. Il la relève et se relève avec elle.*

AVENANT
Vous ne pouvez plus travailler du matin au soir à servir vos sœurs.

LA BELLE
Si les bateaux de notre père n'avaient pas été perdus dans la tempête, peut-être bien que je pourrais m'amuser comme elles ! Mais nous sommes ruinés, Avenant, et il faut que je travaille.

AVENANT
Je me demande pourquoi ce ne sont pas vos sœurs qui travaillent.

Travelling. *L'appareil s'éloigne d'eux pour les prendre en pied.*

LA BELLE
Mes sœurs sont trop belles, elles ont les mains trop blanches.

AVENANT
Belle, vous êtes la plus belle. Regardez vos mains.

Il veut lui prendre les mains ; elle les retire.

LA BELLE
Laissez mes mains, Avenant, et retirez-vous que je finisse mon ouvrage.

30 ***Gros plan*** *d'Avenant. La Belle en amorce*[1].

AVENANT
Je vous aime. Épousez-moi.

31 ***Gros plan*** *de la Belle sans amorce.*

LA BELLE
Non, Avenant. Ne m'en parlez plus, c'est inutile.

32 ***Travelling courbe, plan moyen*** *les prenant de profil, puis Avenant de face dos à la porte, puis de profil en sens inverse, la fenêtre derrière eux.*

AVENANT
Je vous déplais.

LA BELLE
Non, Avenant.

AVENANT
Alors ?

LA BELLE
Je veux rester fille et vivre avec mon père.

AVENANT
Belle, je vous arracherai de force à cette vie stupide.

---

1. La caméra fait un gros plan sur Avenant. Mais on voit une partie de la tête de la Belle, qui sera bientôt en gros plan à son tour.

EXTRAIT 2 DU SCÉNARIO

La première apparition de la Bête

00:20:45 à 00:24:05

Le père de la Belle vient de passer la nuit dans un château étrange et merveilleux, où il n'a vu personne. Au matin, il se prépare à reprendre son chemin pour rentrer chez lui.

Jardins extérieurs. L'allée des rosiers. Jour. Soleil.
Personnages : la Bête, le Marchand.

91 ***Plan d'ensemble*** *d'une grande allée droite, déserte.*

On entend…

VOIX OFF DU MARCHAND
Hé là !

L'ÉCHO
Hé là !

Le Marchand apparaît de loin au coin de l'allée. Il s'avance vers l'appareil jusqu'à être en ***plan américain****. Il s'arrête, regarde à droite et à gauche.*

LE MARCHAND
Hé là !

L'ÉCHO
Hé là !

92 ***Contrechamp-Plan américain*** *du Marchand de dos qui s'éloigne vers le rosier. Il butte…*

93 *(…sur le chevreuil)*

Ses pieds tournent autour de la bête. Marque un arrêt.

95 ***Plan moyen*** *du Marchand de dos, la rose à la main, la tête tournée vers le rosier. On entend une voix terrible à la place de l'écho (coup de vent sur le Marchand).*

VOIX DE LA BÊTE (OFF)
Hé là !

Le Marchand se retourne d'un bloc. Son visage exprime la terreur. Il amorce le mouvement de génuflexion[1].

96 ***Contrechamp-plan moyen*** *de la Bête qui est entre les massifs qu'elle écarte avec ses bras. La Bête est un seigneur en grand costume de cour*[2]*, qui n'a d'une bête que la tête et les mains. La tête est celle d'un magnifique animal, sorte de lion aux yeux clairs. Son mufle*[3] *miroite au soleil. Elle parle comme un être humain. L'acteur sera doublé par une voix de basse*[4] *jusqu'au moment où il reprendra sa voix normale. Les mains sont des mains d'homme, velues et armées de griffes. La chemise ouverte laisse voir une toison sombre*[5]*...*

(Il avance en premier plan ***[légère contre-plongée]*** *pour finir en* ***gros plan****).*

LA BÊTE
Alors, cher Monsieur, vous volez mes roses...

Il sort du massif et se cadre en ***gros plan****.*

LA BÊTE
Vous volez mes roses qui sont ce que j'aime le mieux au monde. Vous jouez de malchance car vous pouviez tout prendre chez moi sauf mes roses.

97 ***Plan moyen*** *du Marchand à genoux, épouvanté.*

LA BÊTE
Il se trouve que ce simple vol mérite la mort.

Le vent souffle dans ses cheveux. Il a toujours sa rose à la main.

LE MARCHAND
Monseigneur, je ne savais pas. Je ne croyais offenser personne en cueillant ces roses pour ma fille qui m'en avait demandé une.

---

1. **Faire une génuflexion** : se mettre à genoux, s'agenouiller.
2. **Costume de cour** : costume magnifique que portent les seigneurs à la cour du roi.
3. **Mufle** : extrémité du museau.
4. **Voix de basse** : voix très grave et profonde (la voix masculine la plus grave dans une chorale).
5. La Bête porte une chemise, mais on voit que c'est un animal puisqu'elle a une toison, c'est-à-dire une fourrure, un pelage très dense et sombre.

98 *Gros plan de la Bête.*

LA BÊTE
On ne dit pas « Monseigneur », on dit « La Bête ». Je n'aime pas les compliments. N'essayez pas de comprendre. Vous avez un quart d'heure pour vous préparer à mourir.

99 ***Plan moyen plongé** du Marchand à genoux, la Bête amorcée.*

LE MARCHAND
Monseigneur !

100 ***Plan moyen contre-plongé** de la Bête, le Marchand amorcé.*

LA BÊTE
Encore... La Bête vous ordonne de vous taire. Vous avez volé mes roses et vous mourrez. À moins...

101 ***Gros plan** de profil de la Bête.*

LA BÊTE
À moins qu'une de vos filles... Combien en avez-vous ?

LE MARCHAND (OFF)
Trois.

LA BÊTE
À moins qu'une de vos filles consente à payer pour vous et à prendre votre place.

102 ***Plan d'ensemble** favorisant la Bête, qu'on voit pour la première fois en entier.*

LE MARCHAND
Mais...

LA BÊTE
Ne raisonnez pas. Filez. Profitez de la chance que je vous donne.

103 ***Plan américain** de la Bête.*

LA BÊTE
Et si vos filles refusent de mourir à votre place, jurez de revenir dans trois jours. Jurez.

104 *Plan moyen plongé du marchand.*

LE MARCHAND

Je le jure... Encore faudrait-il que je puisse retrouver ma route. Je me suis perdu en forêt.

105 ***Gros plan** de la Bête.*

LA BÊTE

Vous trouverez dans mes écuries un cheval blanc. Son nom est le Magnifique. Il n'y a qu'à lui dire à l'oreille : « Va où je vais, le Magnifique, va, va, va ». Il vous mènera chez vous et vous reconduira au château si vos filles sont trop lâches pour l'enfourcher à votre place. Filez...

Pendant la fin du discours, la Bête a reculé jusqu'au massif de buissons. Après « Filez », elle disparaît brusquement.

106 ***Plan d'ensemble** de biais du Marchand qui se relève. Il passe craintivement, dos à l'appareil, devant l'endroit où a disparu la Bête, suivi en **panoramique**. Il fait un tour sur lui-même en regardant le chevreuil et les roses, puis il détale.*

Photogramme extrait du film *La Belle et la Bête* de Jean Cocteau (1946).

LECTURE ACTIVE 4

La condamnation à mort • extrait 2, plans 91 à 106.

As-tu bien lu ?

1 Où la scène se déroule-t-elle ?
☐ dans la maison du Marchand.
☐ dans le château de la Bête.
☐ dans les jardins, à l'extérieur.

2 Quel animal mort le Marchand trouve-t-il devant lui ?

3 Qui répond d'abord à ses appels ?

4 À ton avis, quel sentiment ces deux éléments provoquent-ils chez lui ?

5 Comment le Marchand rentre-t-il chez lui ?

Atelier cinéma

Tourner une séquence en variant les plans

▶ ***Objectif.*** Reconnaitre les différents plans employés au cinéma.

▶ ***Préparation.*** Par groupes de quatre ou cinq, les élèves font le relevé de tous les plans indiqués dans l'extrait 2, et vérifient les définitions de ces différents cadrages, en s'aidant du « Lexique du cinéma », page 93.

▶ ***Réalisation.*** Chaque groupe imagine une courte séquence et la filme à l'aide d'un téléphone ou d'une tablette. On doit reconnaître au moins trois plans différents.

Chaque groupe présente ensuite son histoire à la classe.

▶ ***Réfléchir ensemble.*** À quoi sert le plan d'ensemble ? Pourquoi emploie-t-on un gros plan ?

EXTRAIT 3 DU SCÉNARIO

La Belle rencontre la Bête

00:35:25 à 00:39:05

La Belle, pour sauver son père, s'est rendue au château de la Bête et se croit condamnée à mort. À l'heure du dîner, elle découvre le maître des lieux...

Salle festin. Nuit. Flambeaux.
Personnages : la Belle, la Bête.

166 ***Gros plan** du cartel qui marque 9 heures. Un premier coup sonne. **Travelling arrière** cadrant la glace surmontant le cartel[1]. On y voit la table et la Belle assise dans un fauteuil à haut dossier. Au dernier coup de 9 heures, on voit dans le miroir la Bête qui approche par derrière et s'accoude debout, en haut du dossier de la chaise de la Belle.*

167 ***Gros plan** de la Belle de face qui se fige et s'arrête de manger. **Travelling arrière** cadrant la Belle assise en **plan moyen**, au-dessus de sa tête, la Bête accoudée debout.*

LA BÊTE
N'ayez pas peur...

La Belle exprime une peur terrible, mais elle dit d'une voix faible, et en fermant les yeux :

LA BELLE
Je n'aurai pas peur.

***Travelling avant** cadrant le visage de la Belle en bas et, en pleine image, la Bête qui se redresse.*

LA BÊTE
Belle, acceptez-vous que je vous voie souper ?

LA BELLE
Vous êtes le maître.

LA BÊTE
Non. Il n'y a ici de maître que vous.

1. **Cartel** : horloge murale.

168 ***Gros plan-contre-plongée*** *prenant de biais 3/4 face la Belle.*

La Bête à droite du dossier du fauteuil se penche vers elle.

LA BÊTE
Je vous répugne ? Vous me trouvez bien laid.

La Belle ouvre les yeux et regarde devant elle.

LA BELLE
Je ne sais pas mentir, la Bête[1]. Mais je m'aperçois que vous faites l'impossible pour que je tâche d'oublier votre laideur.

LA BÊTE
J'ai le cœur bon, mais je suis un monstre.

LA BELLE
Il y a bien des hommes qui sont plus monstrueux que vous et qui le cachent.

169 ***Plan d'ensemble*** *pris derrière le candélabre.*

La Bête quitte le dossier et s'arrête du côté gauche du fauteuil, main droite posée au bout du fauteuil.

LA BÊTE
Outre que je suis laid, je n'ai point d'esprit[2].

Un silence.

LA BELLE
Vous avez l'esprit de vous en rendre compte.

LA BÊTE
Tout ce qui se trouve dans ce château vous appartient. Exprimez vos moindres caprices.

Il avance vers l'appareil et traverse le champ gauche-droite près de l'appareil.

---

1. Dans le film, deux autres répliques s'intercalent ici :
« La Bête. – Tout est-il ici à votre convenance ?
La Belle. – Je ne me trouve pas très à l'aise dans ces beaux atours, et je n'ai pas l'habitude qu'on me serve. »
2. Je n'ai point d'esprit : je ne suis pas subtil, fin ; je n'ai pas de répartie, d'humour…

170 ***Plan américain** de la Bête de dos qui est devant la cheminée, les mains derrière le dos.*

LA BÊTE
J'apparaîtrai chaque soir à 9 heures. Et, avant de disparaître, je devrai vous poser une question, toujours la même.

Il amorce le mouvement de se retourner.

171 ***Plan moyen** de la Belle de profil droite. Au fond, la cheminée et la Bête qui finit de se retourner et qui s'approche de la table. Elle met ses deux mains griffues sur la table.*

LA BELLE
Quelle est cette question ?

LA BÊTE
La Belle, voulez-vous être ma femme ?

La Belle se lève brusquement.

LA BELLE
Non, la Bête.

La Bête s'incline et repasse derrière la Belle...

172 ***Plan moyen** de la Belle pris d'entre la table et la cheminée. Raccord dans le mouvement de la Bête qui se place derrière le fauteuil. Elle s'incline jusqu'aux cheveux de la Belle.*

LA BÊTE
Adieu donc, la Belle. À demain.

Elle part à reculons.

La Belle referme les yeux.

***Fondu**.*

La partie suivante du scénario a été changée lors du tournage : Jean Cocteau a modifié certaines répliques, et il a ajouté la séquence où Avenant s'introduit dans le pavillon de Diane et meurt sous la flèche de la déesse.

EXTRAIT 4 DU SCÉNARIO

La Belle retrouve la Bête mourante

01:22:00 à 01:24:50

La Belle n'a pas tenu sa promesse de rentrer au château rapidement. Lorsqu'elle arrive enfin, elle découvre que la Bête est mourante.

L'étang. Clair de lune.
Personnages : la Belle, la Bête.

380 ***Plan moyen*** *cadrant la Belle de face, derrière la Bête, dont elle a posé la tête, de profil, sur un rocher de mousse. La Belle est agenouillée, sa tête au-dessus de celle de la Bête, légèrement tournée en oblique.*

Elle pleure.

LA BELLE
C'est moi le monstre, ma Bête. Je vous en supplie, revenez à vous.

381 ***Plan rapproché*** *de la Belle de face, qui soulève la tête de la Bête en la tenant par la crinière, pour la mettre face à l'appareil. Elle relève la tête, à elle, et les yeux fermés, crispés.*

LA BELLE
Oh, n'avez-vous pas honte ? Seriez-vous lâche ? Regardez vos griffes puissantes ! Accrochez-les dans la vie, défendez-vous. Dressez-vous, rugissez. Épouvantez la mort.[1]

La Bête ouvre les yeux et s'exprime avec souffrance.

LA BÊTE
Belle, si j'étais un homme, sans doute je ferais les choses que vous me dites, mais les pauvres bêtes qui veulent prouver leur amour ne savent que se coucher par terre et mourir.

LA BELLE
Vous vivrez, vous vivrez, ma Bête.

LA BÊTE (À PEINE PERCEPTIBLE)
Il est trop tard.

La Belle repose la tête de la Bête au ras de l'écran et amorce un mouvement de côté.

1. La réplique prononcée dans le film sera : « Seriez-vous lâche ? Je connais vos griffes puissantes. Accrochez-les dans la vie, défendez-vous. Dressez-vous, rugissez. Effrayez la mort. »

382 ***Plan moyen** de la Bête, vue d'en haut. Le visage de la Belle entre dans le champ, se couche sur la poitrine velue de la Bête, de sorte que le visage de la Belle est couché dans le sens de la largeur, son profil en larmes tourné vers le haut.*

Elle crie.

LA BELLE
La Bête, ne me quittez pas... Ma Bête, ne mourez pas ! Ma Bête ! Ma Bête !

[...]

Fontaine. Lune.
Personnages : la Belle, la Bête.

390 ***Gros plan** de la main de la Bête sur la mousse.*

Le visage en larmes de la Belle entre dans le champ et se colle près de la main de la Bête.

LA BELLE (SANGLOTANT)
Ma Bête ! Ma Bête ! Pardonne-moi !... Je serai ta femme. Je suis ta femme. Je t'aime !

EXTRAIT 5 DU SCÉNARIO

Le dénouement

01:25:45 à 01:28:25

La Belle vient de dire son amour à la Bête ; le sortilège va prendre fin...

Fontaine. Nuit.
Personnages : la Belle, la Bête et Avenant.

395 ***Plan rapproché plongeant** du bras de la Bête.*

La Belle est couchée contre la main, devenue main d'homme, et sanglote.

LA BELLE
Ma Bête, sauve-nous. Je mourrai si tu meurs. Reste avec moi. Il faut que tu vives, il le faut !

Soudain elle s'écarte de la main, la voit, se redresse et se retourne brusquement vers la droite.

396 ***Gros plan plongé*** *d'Avenant couché, en Prince. Il sourit, les yeux ouverts.*

VOIX DE LA BELLE (OFF)
Avenant ! Vous ?

397 ***Gros plan*** *de face de la Belle qui recule d'un bond en arrière.*

398 ***Plan d'ensemble*** *trucage de l'eau avec éclairage qui montera. On tournera de profil la Bête-Avenant qui s'incline debout vers la Belle.*

Ensuite, l'acteur se laissera tomber en arrière et ne bougera pas. On projettera cette image à l'envers, de telle sorte qu'on verra le personnage étendu, la tête en arrière, se dresser comme par miracle et s'incliner devant la Belle lorsqu'il se trouvera debout.[1]

Pour ce plan, le personnage est habillé en Prince de conte de fées. Un immense manteau royal attaché à ses épaules traîne et s'étale loin derrière lui. Ce manteau sera tendu par fils lorsque l'acteur se laisse tomber en arrière ; le manteau aura donc l'air de s'étaler à la fin, lorsque l'acteur salue[2].

399 ***Plan demi-ensemble*** *du Prince de face, qui salue la Belle et enlève sa toque.*

LE PRINCE (SALUANT)
La Bête n'est plus. Avenant n'est plus. Je me nomme Ardent. Je suis Prince pour vous adorer et pour vous servir.

La lumière monte doucement.

400 ***Plan moyen*** *de la Belle émerveillée. Elle avance.*

401 ***Plan américain*** *d'Avenant qui se relève de son grand salut. La Belle entre dans le champ, de 3/4, et vient mettre son visage contre la poitrine du Prince qui la caresse.*

---

1. Jean Cocteau explique ici la façon dont il va réaliser son trucage : il filmera la chute et la projettera à l'envers, de sorte que le spectateur aura l'illusion que la Bête couchée se relève et salue.
2. Le Prince ne portera pas de manteau dans le film. Tous les détails de mise en scène concernant cet aspect vestimentaire sont donc nuls.

LE PRINCE

Le roi, mon père, ne croyait pas aux fées. Elles l'ont puni en ma personne. Seul un regard d'amour pouvait faire de moi un homme et me donner la forme de votre rêve[1].

LA BELLE

De pareils prodiges sont-ils possibles ?

Recul du chariot lent.

LE PRINCE

Nous en sommes la preuve.

402 *Deux* ***gros plans****. La Belle relève son visage et regarde le Prince face à face.*

LE PRINCE

Qu'avez-vous Belle ?

403 **LA BELLE**

Je vous regarde. Il va falloir que je m'habitue...[2]

LE PRINCE

Vous êtes une drôle de petite fille, Belle... une drôle de petite fille...

LA BELLE

Pour vous servir.

404 ***Plan moyen.*** *Le Prince prend la Belle dans ses bras et l'emporte dans les roches, suivi du* ***panoramique****. Ils sortent de l'image par en haut.*

---

1. Réplique modifiée dans le film : « Je ne pouvais être sauvé...que par un regard...d'amour. »

2. Répliques remplacées au profit d'un dialogue plus développé :
Prince. – L'amour peut faire qu'un homme devienne bête. L'amour peut faire aussi qu'un homme laid devienne beau. Qu'avez-vous, Belle ? On dirait que vous regrettez ma laideur...
La Belle. – Ce n'est pas cela, Monseigneur. Mais vous ressemblez à quelqu'un que j'ai connu.
Prince. – Qui donc ?
La Belle. – Un ami de mon frère.
Prince. – Vous l'aimiez ?
La Belle. – Oui.
Prince. – Le savait-il ?
La Belle. – Non.
Prince. – Mais vous aimiez la Bête ?
La Belle. – Oui.
Puis on reprend : « Vous êtes une drôle.., etc. ».

LECTURE ACTIVE 5

Le Prince, enfin ! • extrait 5, plans 395 à 404.

As-tu bien lu ?

1 Pourquoi la Belle sanglote-t-elle au début de l'extrait ?

2 À quel signe s'aperçoit-elle que la Bête se transforme ?

3 De qui le Prince a-t-il l'apparence ?
- ☐ Ludovic
- ☐ Avenant
- ☐ le Marchand

4 Pourquoi le Prince avait-il été transformé en Bête ?

5 Que fallait-il pour qu'il reprenne son apparence humaine ?

Atelier cinéma

Réaliser un trucage

▶ ***Objectif.*** À la manière de Cocteau, filmer des apparitions ou des disparitions magiques.

▶ ***Préparation.*** Les élèves forment des groupes de trois ou quatre. Chacun dispose d'un téléphone ou d'une tablette permettant de filmer.

Chaque groupe imagine une situation dans laquelle un personnage apparaît ou disparaît, un verre vide se retrouve subitement plein, une lampe éteinte s'allume soudain, etc.

▶ ***Réalisation.*** Chaque groupe réalise sa séquence en filmant la première partie, puis en reprenant le tournage après avoir opéré les modifications. Un élève fait le « script », c'est-à-dire qu'il note tout ce qui permet de raccorder les deux prises de vues (décor, positions ou emplacements identiques...).

▶ ***Réfléchir ensemble.*** Comment réalise-t-on les trucages au cinéma ? Les effets spéciaux nécessitent-ils obligatoirement beaucoup de moyens ? Pourquoi le rôle du script est-il si important ?

DÉFI LECTURE

L'histoire

1 Remets ces étapes du conte dans l'ordre chronologique, en les numérotant.

.... La Belle ne tient pas sa promesse et reste plus longtemps que prévu en visite chez son père.

.... La Belle mène une vie modeste à la campagne, à la suite de la ruine de sa famille.

.... La Belle se sacrifie et part chez la Bête à la place de son père.

.... La Belle avoue son amour à la Bête, mettant ainsi fin au sortilège.

.... Le père de la Belle se trouve condamné à mort pour avoir cueilli une rose.

Le merveilleux

2 Coche la bonne réponse.

a. Quelle formule magique permet de mettre en route le cheval Le Magnifique ?

☐ Allez, cheval, allez, allez !
☐ Va, le Magnifique, va, va, va !
☐ Au galop, au galop, au galop !

b. Lorsqu'elle veut revenir au château de la Bête, que doit faire la Belle ?

☐ poser sa bague sur la table.
☐ mettre son livre sur son lit.
☐ étendre son manteau sur sa chaise.

c. Par qui le prince a-t-il été changé en Bête ?

☐ par ses parents.
☐ par une méchante fée.
☐ par un enchanteur.

3 Retrouve le conte correspondant à chacun des sortilèges ci-dessous.

transformation en statue de glace •	• le Roi Grenouille
sommeil profond pendant un siècle •	• la Belle au bois dormant
transformation en crapaud •	• la Belle et la Bête
transformation en bête monstrueuse •	• la Reine des neiges

Les personnages du conte et du film

4 Retrouve, dans cette grille de mots mêlés, 6 noms de personnages présents dans le conte initial ou ajoutés dans le film de Jean Cocteau.

5 Un de ces personnages a une caractéristique particulière. Laquelle ?

A	V	B	I	O	P	L	B	M	E
Z	V	B	L	C	H	J	K	A	Y
R	J	E	W	B	F	Y	A	G	T
Y	U	L	N	X	L	R	T	N	C
I	O	L	C	A	P	B	G	I	V
P	F	E	B	Z	N	E	K	F	F
S	A	R	D	E	N	T	M	I	S
F	H	A	V	R	O	E	Q	Q	Z
L	U	D	O	V	I	C	E	U	X
H	K	B	T	I	A	F	R	E	D

Les différents plans

6 Regarde les photogrammes pages 14-15, page 44 et page I du cahier central. Quels plans reconnais-tu ? Aide-toi du lexique du cinéma page 93.

Gravure de A. Marie pour les *Contes* de Charles Perrault, Paris, Lahure, 1884.

LE DOSSIER

La Belle et la Bête

Un conte et un film sur le thème du monstre

REPÈRES

PARCOURS EN 6 ÉTAPES

TEXTES ET IMAGE

Qu'est-ce qu'un conte ?

Depuis toujours, on raconte aux enfants des histoires merveilleuses, qui les font rêver mais qui les aident aussi à triompher des épreuves de la vie : ce sont les contes.

Un genre très ancien

Les contes sont des histoires très anciennes, toujours un peu merveilleuses, qui se sont transmises oralement à travers les siècles. À l'origine, ils n'étaient pas seulement destinés aux enfants : on les racontait lors des veillées, aux grands et aux petits. Chacun y trouvait de quoi exorciser ses peurs pour affronter les dangers de la vie quotidienne et trouver sa place dans la société.

À partir du XVIIe siècle, certains auteurs commencent à mettre par écrit ces histoires que tout le monde connait plus ou moins. Charles Perrault, Madame d'Aulnoy, Madame Leprince de Beaumont sont les grands noms associés aux contes en France. Les frères Grimm, Andersen, sont également célèbres dans le reste de l'Europe.

• DES PERSONNAGES ORDINAIRES DANS DES SITUATIONS EXTRAORDINAIRES

Le héros d'un conte est la plupart du temps un personnage mis à l'écart ou maltraité à cause de sa petite taille, sa jeunesse, sa pauvreté... Les personnes qui l'entourent sont plus fortes ou plus riches, mais elles ont des défauts moraux : elles sont cruelles, égoïstes, orgueilleuses.

Au début de l'histoire, le héros ou l'héroïne se trouve dans une situation inconfortable et il doit affronter des épreuves qui paraissent d'autant plus difficiles qu'il est sans défense et démuni. Mais son intelligence ou sa ruse lui permet de triompher. À la fin du conte, le héros est récompensé tandis que les autres personnages sont punis de leur méchanceté ou de leur égoïsme.

● UN UNIVERS MERVEILLEUX

Le conte fait apparaître des éléments surnaturels, qui placent l'histoire dans un espace « hors du monde réel ». Le lecteur y entre par une formule type comme « Il était une fois… » et il y reste plongé tout au long de sa lecture.

Le héros est souvent aidé par des forces ou des objets magiques : des fées ou des animaux doués de parole, des bottes de sept lieues, un tapis volant ou une baguette magique…

Elément emblématique du conte, la baguette magique est l'instrument qui permet à la fée de modifier à sa guise une situation ou un personnage.

● UNE FONCTION MORALE

Le conte est une sorte de parcours initiatique : le héros affronte des épreuves dont il triomphe grâce à ses qualités et avec l'aide d'un ou plusieurs personnages. À la fin du conte, il est donc plus expérimenté et plus sage, il peut se marier, devenir roi ou reine… Le conte explique ainsi la nécessité de se former, de grandir et de devenir plus fort pour dépasser sa propre peur. D'une certaine façon, on peut dire qu'il illustre le difficile passage de l'enfance à l'âge adulte.

Le conte a également une fonction morale : la plupart du temps, les méchants sont punis à la fin de l'histoire. Le lecteur apprend ainsi le danger lié à un mauvais comportement : il vaut mieux être bon et généreux ; les orgueilleux et les égoïstes sont punis tôt ou tard de leurs travers.

Gravure de Henry de Montaut, *Les Contes de Perrault continués par Timothée Trimm*, Librairie du Petit Journal, 1865.

Conte et cinéma

Comme *La Belle et la Bête*, de nombreux contes ont été adaptés au cinéma, et on continue, encore aujourd'hui, de créer de nouvelles versions de ces histoires. Mais comment faire pour transposer une histoire écrite en film ?

● ADAPTER L'HISTOIRE

Il est rare qu'un réalisateur adapte un conte de façon tout à fait fidèle : la plupart du temps, il modifie légèrement l'intrigue. On dit alors que le film est réalisé « d'après » l'auteur.

Le réalisateur crée en quelque sorte sa propre histoire : c'est ce que l'on appelle le scénario*, qui décrit les différentes scènes du film, les dialogues, et donne des indications sur les décors, les costumes, etc.

En s'appropriant le conte, il peut ajouter des éléments, supprimer des passages ou encore créer des personnages.

Jean Cocteau a créé le personnage d'Avenant, qui n'existe pas dans le conte, et il a ajouté des séquences (celle de l'usurier, celle du pavillon de Diane...). Mais il a aussi supprimé les deux frères de la Belle, qui ne jouent pas de rôle véritable dans l'histoire.

● DU CHOIX DES ACTEURS AU TOURNAGE

Adapter une histoire au cinéma, c'est donner à voir au public sa propre représentation des personnages et de l'histoire. Le réalisateur doit donc trouver lors des castings* les acteurs qui incarnent le mieux à ses yeux les personnages en action. Le tournage du film peut alors commencer.

Le choix de Josette Day

Pour jouer le rôle de la Belle, on a présenté Josette Day à Jean Cocteau. Mais il n'était pas satisfait, car la coiffure bouclée de la jeune femme ne correspondait pas à l'idée qu'il se faisait de la Belle. Un des techniciens a eu l'idée de tremper la tête de Josette Day dans un lavabo : avec les cheveux lisses et tirés en arrière, l'actrice correspondait tout à fait au personnage !

EFFETS SPÉCIAUX ET TRUCAGES

Le lecteur peut se représenter mentalement les objets magiques et les actions merveilleuses, mais le spectateur doit les voir réellement à l'écran : il faut donc recourir aux effets spéciaux*ou aux trucages*.

Dans son film, Jean Cocteau a multiplié les trucages pour insister sur l'aspect « merveilleux » du conte : portes qui s'ouvrent toutes seules, mains tenant des flambeaux, miroir magique, etc.

Petite histoire du trucage

Les trucages ont été inventés dès l'apparition du cinéma, au XIXe siècle. Au début, il s'agissait de fausses manipulations, qui provoquaient des effets intéressants. Aujourd'hui, avec la 3D et le numérique, on arrive à des effets qui saisissent les spectateurs et les plongent dans un univers complètement irréel.

MUSIQUE ET BRUITAGE

Au temps du cinéma muet, l'image n'était accompagnée que d'une musique extérieure. Le cinéma moderne permet d'entendre les voix des personnages, mais aussi de la musique et des bruitages* ajoutés après le tournage (en post-production). Cette bande-son* participe à l'atmosphère créée par le réalisateur.

Dans La Belle et la Bête, *les bruitages sont liés au décor : pendule qui sonne, craquements, sifflement du vent dans la forêt…*

La séquence du dîner

Dans La Belle et la Bête, *la séquence où la Bête vient voir dîner la Belle est accompagnée d'une musique légère au début, qui s'intensifie au fur et à mesure du dialogue et s'achève en crescendo avec un coup de tambour lorsque la Bête demande à la Belle de l'épouser.*

Étape 1 • Analyser la structure du conte

SUPPORT • Le conte en entier.

OBJECTIF • Retrouver les caractéristiques essentielles d'un conte de fées.

Le cadre de l'histoire et les personnages types

1 Par quelle formule le conte commence-t-il ? Peux-tu dire où et quand exactement cette histoire se déroule ? Que peux-tu en déduire ?

2 De quelle façon la Belle se différencie-t-elle de ses sœurs ? Complète le tableau suivant :

	La Belle	**Les sœurs**
Âge		
Aspect physique		
Qualités morales (courage, générosité…) ou défauts		

3 Qu'est-ce qui fait de la Belle l'héroïne de ce conte ?

4 Quels personnages de l'histoire essayent de l'aider dans ses épreuves ? Quels sont ceux, au contraire, qui voudraient qu'elle échoue ?

Des épreuves difficiles et des objets magiques

5 Quelles épreuves la Belle doit-elle affronter ?

6 Grâce à quelles qualités accepte-t-elle de les subir ?

7 Quels sont les objets magiques qui apparaissent dans l'histoire ? À quoi servent-ils ?

Un schéma type

8 Complète le tableau suivant en indiquant les principales étapes de l'histoire :

Situation initiale (au début)	À la suite de la ruine du père, la famille vit pauvrement à la campagne…
Élément déclencheur (ce qui déclenche l'histoire)	
Action (les péripéties)	• • •
Élément de résolution (ce qui permet la fin de l'histoire)	La Belle avoue à la Bête qu'elle l'aime.
Situation finale	

9 La fin de l'histoire est-elle heureuse ou malheureuse ?

Faire le bilan

10 Face aux épreuves. Complète le texte avec les mots suivants : conte de fées – épreuves – mérites – héroïne – magiques – réussite.

La Belle et la Bête est un .... typique : l'.........., jeune et modeste, affronte des .... difficiles et des obstacles. Elle est aidée par des objets .... et la fin de l'histoire récompense ses .... et sa .... est éclatante.

À ton avis

11 Ils furent heureux... Qu'éprouve le lecteur à la fin du conte ? Est-il satisfait de ce qui arrive à la Belle ? Pourquoi ?

Écrire maintenant

12 Un miracle ? Quelques mois après le mariage de la Belle, les deux sœurs appellent la fée pour lui expliquer qu'elles ont changé : elles désirent retrouver leur forme humaine. Que disent-elles ?

Étape 2 • Caractériser les personnages du conte

SUPPORT • Le conte, en entier.

OBJECTIF • Étudier les caractéristiques des personnages et leur évolution dans l'histoire.

Une jeune fille si belle...

1 La Belle demande une rose à son père parce que :

☐ elle aime les fleurs.
☐ elle veut faire comme ses sœurs.
☐ elle veut mettre son père à l'épreuve.

2 Pourquoi la Belle ne pleure-t-elle pas lorsque son père se dit condamné à mort ?

3 À quoi voit-on que la Belle s'habitue à la présence de la Bête dans les pages 29 à 30 ?

4 Quelle qualité de la Bête apprécie-t-elle particulièrement ? Aide-toi des lignes 290 à 300 pour répondre.

5 Que dit-elle à la fin du conte à la Bête mourante ? Qu'a-t-elle donc appris entretemps ?

Une Bête si horrible...

6 Relis les lignes 130 à 150 où la Bête apparaît pour la première fois. À quoi ressemble-t-elle ? Peux-tu la décrire exactement ?

7 À ton avis, pourquoi l'auteur n'a-t-il donné aucune description précise de son physique ?

8 Quels sont les éléments qui montrent que ce monstre est humain ?

9 Quelles sont les caractéristiques de la Bête à la fin de l'histoire ?

Qualités physiques	

Document 2 : Photogramme extrait du film *La Belle et la Bête* de Jean Cocteau (1946).

Document 3 : Photogramme extrait du film *La Belle et la Bête* de Jean Cocteau (1946).

Document 4 : *La Belle et la Bête*, illustration de Walter Crane (1874).

Document 5 : *La Belle et la Bête*, illustration d'Anne Anderson (1910).

Document 6 : Affiche du film *La Belle et la Bête* de Bill Condon (2017), avec Emma Watson et Dan Stevens.

Qualités morales	

10 Pourquoi peut-on dire que la Bête, elle aussi, a subi des épreuves ? Quelle récompense reçoit-elle à la fin de l'histoire ?

11 Relis les lignes 450 à 453. Que penses-tu du sortilège imposé par la fée à la Bête ?

La langue et le style

12 Monstruosités. Que signifie l'expression « Être un monstre d'égoïsme », « un monstre de méchanceté » ? Que signifie le mot « monstre » dans ces expressions ?

Faire le bilan

13 Extra-ordinaires. Complète le texte avec les mots suivants : héros – morales – laideur – bonté – commun – monstre.

Les deux .... du conte sont des êtres hors du .... : la Belle se distingue par ses qualités .... et par son courage. La Bête est un .... repoussant, mais sa .... et sa sensibilité font oublier sa .... apparente.

À ton avis

14 Différences. Les héros des contes sont toujours des êtres « à part ». Qu'est-ce qui les rend différents des autres ? Illustre ta réponse en t'aidant des contes que tu as lus ou vus au cinéma.

Écrire maintenant

15 Portrait de la Bête. En quelques lignes, décris l'apparence de la Bête, telle que tu l'imagines.

Étape 3 • Dégager la moralité du conte

SUPPORT • Le conte, en entier.

OBJECTIF • Comprendre la visée de l'auteur et la moralité du conte.

L'attachement au père

1 Au début de l'histoire, la Belle et ses sœurs refusent de se marier. Quelles raisons donnent-elles ?

2 Les sœurs de la Belle se marient pourtant. Pourquoi ?

3 Retrouve, dans les lignes 39 à 43, les raisons pour lesquelles la Belle refuse pour la seconde fois de se marier.

4 La Belle demande à la Bête l'autorisation de retourner chez elle pendant huit jours parce que :

☐ elle a besoin de vêtements.
☐ elle sait que son père est souffrant.
☐ elle ne peut plus supporter de vivre avec la Bête.

Être ou paraître

5 Relis les lignes 5 à 15. Choisis parmi les propositions suivantes les qualités que montre la Belle dès le début de l'histoire :

☐ modestie
☐ générosité
☐ simplicité
☐ orgueil
☐ égoïsme
☐ intelligence

6 À quoi s'intéressent ses sœurs ? Quelles sont les distractions de la Belle ?

7 Lorsque le père est ruiné, comment se comporte la Belle ? Relis les lignes 45 à 51, et fais la liste de toutes ses activités.

8 Qu'a compris la Belle à la fin de l'histoire ? Pourquoi accepte-t-elle enfin de se marier ?

La langue et le style

9 Les vraies valeurs. « Vous avez préféré **la vertu** à **la beauté** et à **l'esprit**. Vous méritez de trouver toutes ces qualités réunies en une même personne ». Que veut dire la fée en prononçant ces paroles ? Reformule ces phrases avec tes propres mots, après avoir vérifié le sens des trois mots en gras.

Faire le bilan

10 La moralité. Complète le texte avec les mots suivants : apparences – mariage – parents – bonheur – morales.

À travers ce conte, l'auteur veut faire comprendre à ses lecteurs que les .... sont parfois trompeuses et que les qualités .... valent mieux que l'aspect physique. Elle invite les jeunes filles à ne pas avoir peur de quitter leurs .... et suggère que le .... , même s'il semble effrayant, peut être source de................... .

À ton avis

11 Former son jugement. Les gens font-ils davantage attention à l'aspect physique ou aux qualités morales ? Organise un débat en classe, où chacun donnera son opinion avec des exemples tirés des magazines ou des livres qu'il a lus, des expériences qu'il a vécues, etc.

Écrire maintenant

12 Comme un journaliste. Écris un article d'une dizaine de lignes pour inciter tes camarades à lire le conte *La Belle et la Bête*. Imagine le contenu de cet article.

Étape 4 • Analyser une séquence filmique

SUPPORT • Plans 166 à 172 (extrait 3 du scénario), p. 46 à 48.

OBJECTIF • Regarder la séquence du film correspondant à l'extrait 3 du scénario et analyser la façon dont le réalisateur a filmé la première soirée entre la Belle et la Bête.

La place de la caméra

1 La séquence commence par un travelling : la caméra se déplace. Quels éléments voit-on d'abord ?

2 La caméra filme ensuite la Belle. Où se trouve-t-elle et que fait-elle ?

3 Où se trouve la Bête par rapport à la Belle ? Où se trouve la caméra ?

4 La Bête se déplace ensuite vers la cheminée. La caméra filme-t-elle encore la Belle ? Pourquoi ?

Les différents plans

5 Regarde le photogramme page 15. À quoi voit-on que la Belle essaye de dominer sa peur ? Quel détail merveilleux remarques-tu dans le décor ?

6 Pourquoi la caméra fait-elle un plan rapproché sur les deux têtes au moment où la Bête demande à la Belle si elle veut l'épouser ?

L'utilisation de la lumière et du son

7 Parmi les adjectifs suivants, lesquels choisirais-tu pour qualifier le décor ?

☐ féerique ☐ austère ☐ riche ☐ sombre
☐ luxueux ☐ pauvre ☐ somptueux ☐ éblouissant

8 Les dialogues de la Belle et la Bête sont enregistrés. Quels autres sons ont été ajoutés après le tournage ?

Faire le bilan

9 La Belle terrifiée. Rédige trois phrases expliquant comment le réalisateur a réussi à montrer la peur de la Belle et son grand courage. Tu emploieras les expressions suivantes : l'obscurité de la pièce – les objets étranges et animés – la présence de la Bête derrière elle – la Belle ferme les yeux.

À ton avis

10 Exprimer la peur. Relis le passage du conte correspondant à la scène que tu viens d'étudier (lignes 280 à 320), puis organise un débat avec tes camarades : qu'est-ce qui évoque le mieux la peur de la Belle, le conte ou le film ? Donne au moins deux arguments pour justifier ta réponse.

Écrire maintenant

11 Comme un scénariste. Tu as constaté que certains détails du scénario ont été modifiés au moment du tournage. À la manière d'un réalisateur, relève les différences afin de corriger le scénario de Cocteau (plans 166 à 168).

Plan 166	• Le cartel sonne 7 heures et non 9 heures. •
Plan 167	• •
Plan 168	•

Étape 5 • Étudier les choix de mise en scène

SUPPORT • Le conte en entier ; les extraits de scénario ; le film.

OBJECTIF • Comprendre les choix de Cocteau pour passer du conte au film.

Les choix du réalisateur

1 Relis l'interview imaginaire de Cocteau, p. 12-13. Pourquoi a-t-il choisi de tourner son film en noir et blanc ?

2 Quelle représentation de la Bête a-t-il voulu donner ? Pour quelles raisons ?

Les modifications de l'histoire

3 L'histoire a été modifiée : quels personnages du conte Cocteau a-t-il supprimés ? Cite au moins deux éléments qu'il a ajoutés.

4 Complète le tableau : quels éléments magiques apparaissent dans le conte ? Quels sont ceux que Cocteau a ajoutés dans le film ?

Dans le conte	Dans le film
miroir	
	cheval Le Magnifique

Les trucages

5 Quels sont les éléments qui semblent animés ? Quelle est leur fonction ?

6 À quoi sert la clé que la Bête donne à la Belle ? À quoi sert son gant ?

7 La Belle change de lieu, sans s'en rendre compte :

☐ en sautant par la fenêtre.
☐ en dormant.
☐ en buvant une potion magique.

8 Dans le pavillon de Diane, qui tire la flèche dans le dos d'Avenant ? Qu'est-ce qui rend cette action particulièrement extraordinaire ?

Faire le bilan

9 **L'objectif du réalisateur.** Complète le texte avec les mots suivants : modifié – féerique – trucages – conte.

Jean Cocteau a .... l'histoire de Madame Leprince de Beaumont et a donné sa vision personnelle du ...., en créant une ambiance .... à l'aide de nombreux ....

À ton avis

10 **Ta préférence.** Après avoir lu le conte et vu le film, quelle version préfères-tu ? Explique les raisons de ton choix à l'aide de deux arguments au moins.

Écrire maintenant

11 **Un conte, un film.** Tu as certainement vu quelques adaptations cinématographiques de contes célèbres. Avec un ou deux camarades, fais la présentation en images d'un conte de ton choix (par exemple sous forme de diaporama), en sélectionnant les principaux éléments de l'histoire : présentation du héros et d'un autre personnage - évocation d'une épreuve - description d'un objet magique - tableau de la fin de l'histoire.

Étape 6 • Comparer différentes représentations de *La Belle et la Bête*

SUPPORT • Le film de Cocteau ; l'encart couleur ; les plats 2 et 3 de couverture.

OBJECTIF • Analyser les différents traitements du conte selon les époques.

La représentation de la Bête

1 Au cinéma

a. Regarde les documents 1, 6 et 7. Quelle remarque peux-tu faire sur la représentation de la Bête ?

b. Pourquoi, à ton avis, les réalisateurs ont-ils fait le choix de représenter le « monstre » ainsi ?

c. Dans le document 2, qu'est-ce qui donne à la Bête un aspect réel ?

2 Dans les livres illustrés

a. Observe maintenant les documents 4 et 5. Comment la Bête est-elle représentée dans ces illustrations ?

Doc. 4 (Walter Crane)	Doc. 5 (Anne Anderson)

b. Laquelle te semble le mieux correspondre au personnage du conte de Madame Leprince de Beaumont ? Pourquoi ?

La mise en situation des personnages

3 Le face-à-face

a. Dans quelle situation les personnages sont-ils représentés dans les documents 4 et 5 ? À quelle scène ces illustrations se réfèrent-elles ?

b. Ces deux images montrent-elles la peur éprouvée par la Belle ? De quelle façon ? Comment les artistes ont-ils montré l'aspect « humain » du monstre ?

c. Quelle différence observes-tu entre ces images et le photogramme pages 14-15 ?

Le choix des décors et des costumes

4 Les décors. Observe attentivement les affiches des films (documents 1, 6 et 7). Quelle remarque fais-tu concernant les décors ? Indique si c'est à l'intérieur ou à l'extérieur, s'il y a ou non de la lumière, etc.

Doc. 1 (Cocteau)	Doc. 6 (Condon)	Doc. 7 (Gans)
Fond noir ; aucune lumière...		

5 Les costumes

a. Compare les costumes de la Belle et de la Bête. Que constates-tu ?

b. Quelle remarque peux-tu faire sur le costume des personnages dans le document 3 ?

c. À quel moment du conte ces images renvoient-elles ? Que peux-tu en conclure ?

Faire le bilan

6 Jouer sur les contrastes. Dans chacune des images que tu as étudiées, lequel des deux personnages attire davantage le regard ? Qu'éprouve le lecteur ou le spectateur à la vue du couple formé par les deux personnages ?

À ton avis

7 Créer une ambiance. De toutes les images présentées dans le cahier central et les plats de couverture, laquelle te semble le mieux traduire l'ambiance créée par Madame Leprince de Beaumont ? Quelle est celle qui s'en éloigne le plus ? Pourquoi ?

Face-à-face avec un monstre : groupement de textes

OBJECTIF • Comparer des documents de différentes époques mettant en scène le face-à-face d'un héros avec un monstre et comprendre ce que ces monstres symbolisent.

DOCUMENT 1 *Œdipe et le Sphinx*

Œdipe est le fils de Laïos, le roi de Thèbes, et de Jocaste. À la suite de la prédiction d'un oracle, il a été abandonné par ses parents et recueilli par Polybe et Mérope, mais il ignore qu'il a été adopté. Devenu adulte, il apprend que son destin le condamne à tuer son père et à épouser sa mère. Il s'enfuit alors. Depuis plusieurs jours, il est en route vers Thèbes.

Depuis plusieurs heures déjà, Œdipe chemine à travers la plaine verdoyante. La route est agréable au soleil de printemps. Au loin se dessinent des murailles, une ville certainement. Mais le jeune homme fronce les sourcils : d'habitude, quand on approche d'une ville, les voyageurs se font plus nombreux. Or, il réalise qu'il n'a croisé personne depuis longtemps.

– Étrange, murmure-t-il, tout en assurant le bâton dans sa main.

Il n'a pas vraiment peur, oh non ! Mais... c'est vraiment étrange : étrange, cette route déserte, étranges, ces murailles qui semblent désertes aussi, maintenant qu'il s'en approche...

Inconsciemment, Œdipe a ralenti le pas. Mais ces derniers jours, à force de vivre seul et de ne compter que sur lui-même, il a pris de l'assurance. Sans oublier sa victoire sur l'homme au char[1] ! Aussi reprend-il sa marche, plus ferme et plus volontaire qu'auparavant.

Arrivé à la porte de la ville, il n'est pas au bout de ses surprises : toujours personne ! Une vraie ville fantôme ! Il hésite : quel chemin prendre ? Doit-il longer la muraille, ou s'enfoncer au cœur de la cité ? Il avance un peu, quand il voit à terre un cadavre, celui d'un jeune homme. Pas beaucoup plus vieux que lui. Et pas beau à voir : lacéré, déchiqueté, comme s'il avait été surpris par une énorme bête sauvage. Impressionné, Œdipe examine

1. Œdipe vient de tuer un homme qui l'a provoqué, sans savoir que c'est le roi de Thèbes, la ville où il se rend.

les alentours, et aperçoit un second cadavre, un peu plus loin. Il gît près de la muraille, dans le même état que le premier. Que faire ? Il sursaute : sur sa droite une porte vient de claquer. Il se dirige alors de ce côté. Peut-être va-t-il enfin trouver un être vivant ! Plus rien. A-t-il rêvé ? Non, de nouveau un bruit. Cette fois, c'est une voix, à peine un chuchotement. Il tend l'oreille :

– Sauve-toi, étranger, sauve-toi vite !

– Qui parle ? Où es-tu ? Que se passe-t-il ?

– La Sphinx, attention à la Sphinx ! Elle va te tuer !

Œdipe a juste le temps d'entrevoir dans l'ombre le visage enfantin, crispé par l'effroi, d'une toute jeune fille, quand un bruit fracassant lui fait lever la tête. Il entend à peine la jeune fille refermer la porte en sanglotant. Assis maintenant face à lui, devant la muraille, un monstre venu du ciel replie tranquillement ses ailes immenses, en fixant Œdipe avec un sourire ironique.

– Salut, étranger ! Je t'attendais avec impatience.

Le jeune homme considère avec stupeur l'étrange animal – si l'on peut nommer ainsi l'être qui lui fait face.

Ce n'est pas un oiseau, malgré ses ailes. On dirait plutôt un lion gigantesque, si ce n'est que sa crinière encadre un délicat visage de jeune femme, au sourire méchant. Ses ailes sont sagement repliées sur son dos, mais ses pattes, puissantes comme des colonnes, se terminent par des griffes redoutables... sans doute responsables des terribles blessures infligées aux jeunes morts qui gisent tout près. La voix du monstre est profonde et chaude, mais plus menaçante que séduisante.

– Allons, étranger, je m'ennuie ! Tu joues avec moi ?

Œdipe a repris son sang-froid. Au fond, qu'a-t-il à craindre après les prédictions de la Pythie[2] ? Rien de pire ne saurait lui arriver !

– À quoi joue-t-on ? Indique-moi les règles !

– Comme avec les autres ! (elle désigne d'un geste du menton les cadavres gisant près d'eux). Aux énigmes. La règle est simple : c'est moi qui propose l'énigme, c'est toi qui réponds. Si tu ne trouves pas la bonne réponse...

– Eh bien ?

2. La Pythie (l'oracle) a prédit qu'il tuerait son père et qu'il épouserait sa mère.

– Tu ne devines pas ? Je te tue.

– Et si je trouve la bonne réponse ?

La Sphinx éclate d'un rire sauvage.

– Attends d'avoir entendu ma question !

– Soit, je suis prêt.

– Écoute bien : il existe un animal, qui le matin marche à quatre pattes, à midi sur deux pattes, et sur trois pattes le soir. Quel est-il ?

Œdipe baisse la tête. Une réponse lui est immédiatement venue à l'esprit, mais il la soupèse avant de la dire : le risque est trop grand, et maintenant qu'il peut la perdre, il tient à la vie !

– Alors, tu ne trouves pas ?

Le sourire de la Sphinx s'est accentué, découvrant des crocs acérés. Œdipe se décide :

– L'homme ! Cet animal, c'est l'homme : le matin, au début de sa vie, quand il n'est qu'un bébé, il se déplace à quatre pattes ; le midi, dans la plénitude de son âge, il se tient debout sur ses deux pieds ; enfin, au soir de sa vie, quand il est vieux, il a besoin d'une canne pour marcher, c'est sa troisième jambe.

Œdipe n'a pas fini de parler que le sourire de la Sphinx se mue en un horrible rictus, tandis qu'elle pousse un rugissement à glacer le sang. Sous les yeux incrédules du jeune homme, elle déploie ses ailes, s'élève dans les airs et se précipite la tête la première de l'autre côté de la muraille, pour se fracasser quelques mètres plus bas sur les rochers.

Après quelques secondes d'un silence presque palpable[3], c'est une véritable explosion. Des maisons voisines sortent des femmes, des hommes, des enfants qui sautent et hurlent de joie. Et ce cri unanime se propage à travers la ville, gagnant les quartiers éloignés. Les habitants les plus proches entourent Œdipe, le touchent, l'embrassent. Sans lui laisser le temps de réagir, les hommes le hissent sur leurs épaules et l'emmènent sous les acclamations jusqu'au palais royal.

MARIE-THÉRÈSE DAVIDSON, *Œdipe le maudit*, © Nathan jeunesse, 2003.

3. Palpable : tellement dense qu'on a l'impression qu'on pourrait le toucher.

DOCUMENT 2 *Frankenstein et sa créature*

Le savant Frankenstein a fabriqué, à partir de morceaux de corps humains, un être à qui il a réussi à donner la vie. Horrifié par la laideur de cette créature, il l'a abandonnée. Mais le monstre se venge en tuant les humains qu'il rencontre, semant la terreur autour de lui. Frankenstein est incapable de le maîtriser...

En prononçant ces mots, j'aperçus soudain la silhouette d'un homme qui, à quelque distance, s'avançait vers moi avec une vitesse surhumaine. Il franchissait d'un bond les fentes de la glace, parmi lesquelles je m'étais avancé avec précaution ; en outre, à mesure qu'il s'approchait, sa taille semblait dépasser celle de l'homme. Un trouble me saisit, un brouillard voila ma vue et je me sentis défaillir ; mais la bise froide des montagnes me ramena vite à la pleine conscience. Je m'aperçus à l'approche de cette silhouette (spectacle effrayant et abhorré[1] !) que c'était là le monstre que j'avais créé. Je tremblais de rage et d'horreur, résolu à attendre sa venue et à engager avec lui un corps-à-corps mortel. Il s'approchait ; son expression traduisait une souffrance profonde mêlée de mépris et de malignité, et sa laideur surnaturelle le rendait à peine supportable en son horreur pour des regards humains. Mais j'y fis à peine attention ; la rage et la haine me privèrent d'abord de la parole, et je ne me ressaisis que pour l'accabler sous l'expression de ma haine furieuse et de mon mépris.

— Démon, m'écriai-je, oses-tu donc m'approcher ? Et ne crains-tu pas que mon bras se venge cruellement sur ta tête misérable ? Va-t-en, vile créature ! Ou, plutôt, reste, que je te réduise en poussière. Hélas ! Si je pouvais, en supprimant ta misérable existence, ramener à la vie ces victimes de ta méchanceté diabolique !

— Je m'attendais à cet accueil, dit le démon. Tous les hommes haïssent les malheureux ; à quel point dois-je donc être haï, moi dont le malheur dépasse celui de toutes les créatures vivantes ! Et pourtant, c'est toi, mon créateur, qui me détestes et me méprises, moi ta créature, à laquelle tu es lié par des liens que l'anéantissement de l'un de nous peut seul rendre dissolubles[2]. Tu veux me tuer. Comment oses-tu jouer de la sorte avec la

1. Abhorré : détesté, haï.
2. Nous sommes liés par des liens que rien ne peut rompre, sauf si l'un de nous deux meurt.

vie ? Fais ton devoir à mon égard, et je m'acquitterai du mien, envers toi et envers le reste de l'humanité. Si tu remplis les conditions que je fixerai, je te laisserai en paix ainsi que les hommes ; mais si tu refuses, j'entasserai les cadavres entre les mâchoires de la mort, jusqu'à ce qu'elle soit rassasiée du sang de ceux des tiens qui vivent encore.

— Monstre abhorré ! Démon ! Les tortures de l'enfer sont un châtiment trop doux pour tes crimes. Misérable ! Tu me reproches de t'avoir créé. Viens donc, que je puisse éteindre l'étincelle que je t'ai communiquée si imprudemment !

Ma rage était immense ; je bondis sur lui, poussé par toutes les passions qui peuvent armer un être contre l'existence d'un autre. Il m'évita facilement, et il me dit :

— Sois calme ! Je te prie de m'écouter, avant de te livrer à la haine qui t'anime contre ma tête sacrifiée. N'ai-je donc pas assez souffert, pour que tu cherches encore à accroître mon malheur ? La vie, bien qu'elle ne soit pour moi qu'une accumulation d'angoisses, m'est chère, et je la défendrai. Souviens-toi, tu m'as fait plus puissant que toi-même ; ma taille est plus grande, mes articulations plus souples. Mais je ne serai pas tenté de m'opposer à toi. Je suis ta créature, et j'irai jusqu'à obéir doucement et docilement à mon maître et à mon roi naturel, si tu veux aussi t'acquitter de ton rôle, de ton devoir envers moi. Oh ! Frankenstein, ne sois pas équitable à l'égard de tout autre être, pour me fouler seul aux pieds[3], moi à qui sont dues ta justice, et même ta clémence et ton affection. Souviens-toi ! Je suis ta créature.

MARY SHELLEY, *Frankenstein*, 1818, traduction de Germain d'Hangest, Garnier-Flammarion, 1922.

3. Si tu es juste avec les autres, ne sois pas injuste envers moi seul.

DOCUMENT 3 *L'incroyable Hulk*

Le personnage de Hulk a été créé en 1962 par le scénariste Stan Lee et le dessinateur Jack Kirby. Un scientifique, le docteur Bruce Banner, se dédouble à la suite d'une irradiation involontaire de rayons gamma, et se transforme en un géant monstrueux à la force herculéenne, dès qu'il se met en colère.

The incredible Hulk, couverture du *Comics* daté du 1er mai 1962, où le personnage de Hulk apparaît pour la première fois.

As-tu bien lu ?

Document 1

1 Dans les lignes 35 à 43, relève tous les éléments permettant de décrire la Sphinx. Pourquoi peut-on dire que c'est un monstre ?

2 Pourquoi la Sphinx est-elle terrifiante, au-delà de son aspect physique ?

Document 2

3 Retrouve, dans les lignes 1 à 5, deux éléments justifiant l'inquiétude du narrateur.

4 Relis la ligne 12 : qu'est-ce qui rend particulièrement effrayante la créature de Frankenstein ?

Documents 1 et 2

5 Quelle menace représentent les deux monstres, chacun à sa façon ?

Lire L'image

Document 3

6 Réponds oralement aux questions suivantes.

a. Qui est le personnage au centre de l'image ? À quoi vois-tu qu'il est en train de se transformer ?

b. Comment Hulk est-il représenté ? Pourquoi ses vêtements sont-ils déchirés ?

c. Observe le décor : quels éléments situent la scène dans un univers scientifique ?

d. Que signifie « Is he man or monster or...is he both » ?

Comparer les documents

7 **Des créatures hybrides.** Fais correspondre, pour chaque personnage étudié, la description qui lui correspond.

créature de Frankenstein •	• monstre mi-humain mi-géant
la Sphinx •	• monstre créé à partir d'éléments humains
Hulk •	• monstre mi-humain mi-animal

8 Le monstre, une créature inhumaine ? Complète le texte ci-dessous avec les mots suivants : mythologie – monstres – humaine – terrifiants – forces – fantastiques.

• Dans la .... antique, les monstres, issus des dieux primordiaux, incarnent les .... obscures et la puissance de la Nature. Ces créatures ont une apparence hybride : leur corps est composé d'éléments de natures différentes, ... et animale, comme la Sphinx.

• Les genres ...., qui se développent à partir du XIXe siècle, sont peuplés de figures de .... Ces personnages sont d'autant plus .... qu'ils sont proches des humains. C'est le cas de la créature de Frankenstein, issue des recherches de son maître ou de Hulk, un double violent du docteur Bruce Banner.

Enquêter maintenant

9 Métamorphosé en monstre. Fais une recherche au CDI ou sur Internet : quels héros célèbres de BD ou de cinéma changent d'apparence momentanément et reprennent ensuite leur apparence humaine ? Pense par exemple à *Superman*, à *Spiderman*...

Depuis toujours, les contes et légendes évoquent des personnages hors du commun, effrayants et dangereux : les monstres. Moitié humains moitié animaux, êtres fabuleux doués de pouvoirs surnaturels ou victimes eux-mêmes de sortilèges maléfiques comme la Bête, ils sont extraordinaires. Qui sont-ils en réalité ? Pourquoi l'être humain a-t-il besoin de ces personnages effrayants ?

La figure du monstre, de l'Antiquité à nos jours

1 Qu'est-ce qu'un monstre ?

Le mot « monstre » vient du latin* monstrare, *qui veut dire montrer, indiquer. Il vient aussi du mot* monstrum, *du verbe* monere, *qui signifie « avertir ». Étymologiquement, un monstre est donc quelque chose que l'on remarque et qui avertit d'un danger, d'un risque... Différent de ce qui est « normal », c'est une sorte de prodige, qui ressemble à un signe divin.

• LA MISE EN VALEUR DU HÉROS

La plupart du temps, les monstres des contes ou des légendes correspondent à des épreuves que doit affronter le héros. Dans *l'Odyssée*, par exemple, Ulysse affronte différents monstres (Polyphème, Charybde et Scylla...), montrant ainsi sa ruse et sa vaillance. Plus les monstres sont dangereux et terrifiants, plus le héros paraît courageux et valeureux. Ainsi, les chevaliers du Moyen Âge, en terrassant les dragons ou les géants, accomplissent des prouesses qui font d'eux des héros hors du commun.

• ÉVOLUTION DU SENS AU FIL DU TEMPS

Les personnages « monstrueux » peuplent également de nombreuses œuvres littéraires ou artistiques plus proches de nous. Si, la plupart du temps, ils sont destinés à mettre en valeur le héros, ils font également peur au lecteur, qui se représente mentalement ce personnage irréel. Cependant, les monstres ne suscitent pas toujours l'horreur ou la terreur. Avec le temps, la définition du « monstre » a changé. Ainsi, certaines personnes, qui sont différentes des autres à cause de caractéristiques exceptionnelles (physiques, morales ou intellectuelles), positives ou négatives, sont parfois considérées comme des monstres.
On parle même, dans le cas de vedettes ou de personnalités célèbres, de « monstres sacrés ». On veut dire ainsi que ce sont des personnages hors du commun, particulièrement aimés ou appréciés du public.

2 Comment classer les monstres ?

Selon l'époque, le genre du récit ou l'imagination de l'auteur, le monstre revêt des formes différentes. On trouve ainsi diverses « catégories » de monstres...

● LES OGRES, DES MONSTRES DÉVORANTS

Il existe des ogres très célèbres dans la mythologie antique. Ainsi, Ulysse et ses compagnons risquent la mort lorsqu'ils rencontrent le cyclope Polyphème : un géant sanguinaire ayant un œil unique au milieu du front, et qui ne fait qu'une bouchée des hommes qu'il retient prisonniers. Un autre héros, Thésée, doit affronter le Minotaure, monstre à tête de taureau enfermé dans un labyrinthe, qui dévore les jeunes gens et jeunes filles qu'on lui livre tous les ans. Thésée s'approche de lui et réussit à le tuer, sauvant ainsi la vie de tous ces jeunes. Il réussit même à sortir du labyrinthe, avec l'aide d'Ariane et de son fil !

Plus près de nous, de nombreux contes montrent des ogres, mâles ou femelles, prêts à tout pour dévorer des humains, de préférence des enfants. C'est le cas dans *Le Petit Poucet* (Charles Perrault) et *Hänsel et Gretel* (les frères Grimm).

Ulysse et le cyclope Polyphème.

● MI-HOMMES, MI-ANIMAUX

Il existe aussi des monstres qui possèdent des attributs humains et des caractéristiques animales. C'est le cas des Sirènes représentées, dans l'Antiquité, comme des oiseaux à tête de femmes. Dans les légendes modernes, ce sont des femmes ayant une queue de poisson à la place des jambes. Elles ne dévorent pas les humains, mais cherchent à les faire mourir ! Par leurs chants mélodieux, elles subjuguent les marins qui laissent leur bateau chavirer...

Méduse, pour sa part, est une femme dont les cheveux sont des serpents. Ses yeux se dilatent et son regard pétrifie tous ceux qui la regardent en face : ils sont transformés en statues.

Ulysse et les sirènes — vase à figures rouges, Londres, *British Museum*.

Et le vampire ?

Le vampire, lui, a l'apparence d'un homme aux canines acérées. Il ne vit que la nuit et se nourrit du sang de ses victimes… qui deviennent à leur tour des vampires ! Ce monstre est devenu particulièrement célèbre grâce au roman Dracula*, écrit par Bram Stoker en 1897, et aux films* Nosferatu le vampire*, de Murnau (1922),* Le Bal des vampires *de Roman Polanski (1967),* Entretien avec un vampire *de Neil Jordan (1994) et* Twilight *de Catherine Hardwicke (2008).*

● LES DRAGONS

Parfois le monstre s'éloigne de la réalité, et possède des caractéristiques qui le mettent hors du monde connu. C'est le cas du dragon. Cette créature légendaire est représentée, dans presque toutes les civilisations, comme un gigantesque reptile pouvant voler (il a des ailes armées de grandes griffes), avec une queue fourchue, et crachant du feu. La plupart du temps, il possède aussi des pouvoirs magiques : il peut, par exemple, faire repousser à l'infini les parties de son corps que le héros aurait coupées…

Dans la littérature fantastique, et notamment en heroic fantasy, un des dragons les plus célèbres est sans doute Smaug, que l'on rencontre dans le roman de J.R.R Tolkien, *Le Hobbit* (1937). Au cinéma, en 2005, Mike Newell crée des dragons terrifiants pour *La Coupe de feu*, quatrième volet de la saga *Harry Potter*. Le héros remporte contre eux une victoire spectaculaire.

Miniature extraite de *Les Morales sur Job de Cîteaux*, manuscrit enluminé, XIIe siècle, Bibliothèque municipale de Dijon (ms. 168 - lettrine historiée R)

3 Quels sont les monstres modernes ?

À partir du XVIIIe siècle, on commence à mettre par écrit les contes et légendes qui se transmettaient oralement de génération en génération. Au XIXe siècle, la littérature fantastique connaît un essor particulier. Avec elle, de nouveaux monstres apparaissent, tout aussi effrayants que les monstres antiques.

Le Petit Chaperon rouge, gravure de Gustave Doré, 1866, Paris, BNF.

● LA FIGURE DU LOUP DANS LES CONTES

Parmi les animaux considérés presque comme des monstres, le loup tient une place particulière… Cet animal sauvage, qui vit à proximité des humains et s'attaque parfois aux troupeaux et aux bergers, effraie tant qu'on finit par lui attribuer des pouvoirs extraordinaires.

Dans *Le Petit Chaperon rouge*, l'héroïne est confrontée à un loup rusé qui cherche à la dévorer, comme il a dévoré sa grand-mère.

Imagination ou réalité ?

Au XVIIIe siècle, en France, on a assisté à plusieurs attaques d'enfants, de bergers ou de bergères. Ces attaques, probablement dues à des loups, ont vite été interprétées comme étant l'œuvre d'un monstre ou d'une Bête extraordinaire, qu'on a appelée *la Bête du Gévaudan* (nom de la région où ces attaques ont eu lieu, située dans l'actuel département de la Lozère).

Un cas particulier : le loup-garou

Depuis l'Antiquité, de nombreuses légendes ou récits folkloriques évoquent le loup-garou, cet être humain qui se transforme en loup. La métamorphose a lieu la nuit, toujours à la pleine lune. L'homme devient alors féroce et extrêmement fort. Il n'a plus le contrôle de lui-même et n'hésite pas à attaquer ou tuer les humains qu'il rencontre.

• MONSTRES FABRIQUÉS

En 1817, à seulement dix-neuf ans, Mary Shelley imagine l'histoire d'un savant fou nommé Frankenstein qui, à l'aide d'éléments humains, fabrique un personnage auquel il réussit à donner « l'étincelle de la vie ».

Au XXe siècle, aux États-Unis et en Europe, de nombreuses créatures sont inventées par des auteurs de bandes dessinées ou de films : par exemple, les célèbres Iron Man, Captain America ou Superman. Ils ont des pouvoirs fantastiques leur permettant de lutter contre les monstres dangereux venus de mondes étranges.

• DOUBLES PERSONNALITÉS

En 1886, Robert Louis Stevenson écrit *L'étrange cas du Docteur Jekyll et de M. Hyde*. Cette histoire raconte comment le docteur Jekyll met au point une drogue qui lui permet de se dédoubler : la « bonne partie » de lui-même vit normalement pendant la journée, mais le « monstre » qui sommeille en lui se met en route le soir, et commet tous les crimes possibles. C'est Mister Hyde qui finit par l'emporter, et qui a raison du Docteur Jekyll.

Certains super-héros contemporains possèdent, eux aussi, la faculté de se transformer au besoin, et montrent leurs pouvoirs surnaturels, parallèlement à une vie apparemment ordinaire : Hulk (voir page 79) devient un colosse herculéen lorsqu'il est en colère ; Spider-Man et Superman luttent contre le crime grâce à leurs super pouvoirs.

4 Pourquoi invente-t-on des monstres ?

Pourquoi les hommes, de tout temps, ont-il créé des monstres dans les contes, les légendes, les récits modernes ? À quel besoin ces créatures inventées renvoient-elles ? Que représentent-elles pour les êtres humains ?

● UNE PUISSANCE DESTRUCTRICE

Le monstre représente la violence et l'excès : il détruit tout sur son passage. Il est donc le contraire d'un monde organisé et civilisé ; il représente le chaos originel.

Les récits modernes reprennent les thèmes de la mythologie antique, mais dans un contexte de manipulations génétiques, de vie extraterrestre ou d'irradiations nucléaires comme avec *Godzilla*, monstre emblématique de la culture japonaise depuis les années 1950. Le héros doit vaincre le monstre pour rétablir l'équilibre du monde.

● LE SYMBOLE DE NOTRE ANIMALITÉ ?

Le monstre représente aussi les « côtés sombres » que chaque être humain porte en lui. Au XIXe siècle, la découverte de la psychanalyse a permis de comprendre le fonctionnement de la psychologie humaine, des instincts, de l'inconscient... Le personnage de *Mister Hyde* représente ainsi la part obscure du *Docteur Jekyll*. Au-delà, c'est le Mal en général qui est incarné par le monstre, les travers de l'individu ou ceux de la société dans son ensemble.

Pas de héros sans monstre

Dans les contes et les légendes, le monstre est la figure inversée du héros : si le monstre disparaît, il n'y a plus de héros ni d'histoire. C'est pourquoi certains auteurs modernes recréent des monstres symboliques, de manière à ce que les héros puissent émerger et servir de modèles.

● UN ÊTRE DIFFÉRENT ET REJETÉ

Enfin, le monstre attire le regard et suscite la répulsion, comme celle qu'inspire la Bête à la Belle. Au-delà de la peur, le monstre permet de réfléchir à la différence et à la façon de la percevoir. *Elephant man* est rejeté de tous parce que sa laideur l'exclut du monde, comme *Quasimodo* dans Notre-Dame de Paris.

On peut alors s'interroger. Le véritable monstre est-il celui qui est différent ? Les monstres ne sont-ils pas plutôt ceux qui n'acceptent pas la différence, comme les gens sans scrupules qui exploitent *Elephant Man* ou la foule qui se déchaîne sur *Quasimodo* ? La monstruosité n'est donc pas seulement physique, elle peut aussi être morale.

Quasimodo, gravure extraite de *Notre-Dame de Paris* de Victor Hugo, éditions Hetzel, Paris, 1865.

L'homme éléphant

En 1980, David Lynch réalise un film, *Elephant Man*, qui raconte l'histoire d'un être humain ayant vraiment existé, au visage et au corps terriblement déformés. Rejeté par tous, il était obligé de se montrer dans les cirques pour gagner sa vie, et a fini par mourir dans un hôpital où on l'avait recueilli. Ce monstre-là n'était pas dangereux, mais il était craint et détesté sans raison, à cause de son aspect physique.

Lexique du cinéma

Préparer un film

La réalisation d'un film nécessite beaucoup d'organisation. Une première étape très importante consiste à développer l'histoire que l'on veut raconter et à amorcer sa traduction en images.

Pitch	Résumé du film en une phrase percutante.
Synopsis	Description des personnages et des grandes lignes de l'histoire.
Scénario	Déroulement détaillé des différentes scènes du film, comprenant les dialogues ainsi que des indications visuelles et sonores.
Découpage technique	Liste de tous les plans à tourner pour transformer le scénario en film. Ce découpage indique, pour chacun de ces plans, ce qu'on doit voir dans le cadre et, éventuellement, ce qu'on entend.
Story-board	Dessins de tous les plans prévus dans le film, présentés dans l'ordre du récit. Ce n'est pas une étape obligatoire.
Casting	Recherche des acteurs et figurants qui incarneront les personnages du film.
Décors	Lieux où l'on tournera le film. Il peut s'agir de décors naturels (plus ou moins modifiés par divers accessoires) ou de décors entièrement fabriqués en studio. Aujourd'hui, on peut également fabriquer des décors en images de synthèse.
Financement	Budget qui servira à payer les membres de l'équipe, à louer le matériel de tournage et de montage, à fabriquer les costumes et les décors, etc.
Plan de travail	Emploi du temps qui contient toutes les informations du tournage (lieux, dates, plans à tourner, décors, accessoires, etc.).

Tourner un film

Le scénario est écrit, les acteurs et les décors sont choisis, le financement est trouvé : le tournage peut commencer. C'est un processus long car il faut, pour chaque scène, habiller et maquiller les acteurs, répéter, régler les lumières et le son, faire plusieurs prises de vues... En moyenne, on ne tourne que deux à trois minutes utiles par jour.

Plan Prise de vue enregistrée entre le déclenchement et l'arrêt de la caméra. Au tournage, le début du plan est traditionnellement marqué par le mot « Action ! », et sa fin, par le mot « Coupez ! ». Lors du montage, on peut raccourcir un plan ou le fragmenter.

Prise On fait en général plusieurs prises de vue pour chaque plan, de façon à pouvoir choisir la meilleure au montage. Au tournage, on note au début de chaque plan le numéro de la prise sur le clap et on annonce : « Première (prise) ! » ou « Trentième ! »

Échelle des plans Au tournage, on place la caméra plus ou moins près du sujet, selon l'effet que l'on veut obtenir (planter le décor, concentrer l'attention sur un personnage, saisir une émotion...). Voici l'échelle des plans possibles :

Plan général (d'ensemble)

Plan demi ensemble

Plan moyen

Plan américain

Plan rapproché

Gros plan

Angle de prise de vues

Position de la caméra par rapport au sujet :

Angle horizontal : la caméra est placée face au sujet.

Plongée : la caméra est placée au-dessus du sujet.

Contre-plongée : la caméra est placée plus bas que le sujet.

Champ, hors champ

- En blanc, le champ de la caméra, c'est-à-dire, la portion d'espace qu'elle « voit » et enregistre.
- En gris, le hors-champ, qui n'est pas visible mais que le spectateur imagine.

Travelling

Mouvement de la caméra qui avance sur un axe horizontal : le travelling permet, par exemple, de suivre un personnage qui marche.

Panoramique

Mouvement de la caméra qui tourne sur un axe : le panoramique permet, par exemple, de montrer un vaste paysage.

La postproduction

Quand le film est « dans la boîte », il est loin d'être terminé. Il faut maintenant assurer sa cohérence artistique et technique, en organisant les images prises dans le désordre lors du tournage et en concevant la bande sonore. L'ensemble de ces techniques de finalisation s'appelle la postproduction.

• LE MONTAGE DE L'IMAGE

Montage cut

Juxtaposition de plans, sans travail sur leur liaison.

Raccord

Liaison fluide entre deux plans successifs : le spectateur ne doit pas être heurté par le changement de plan.

Fondu, fondu enchaîné

• Fondu : l'image disparaît progressivement pour devenir d'une couleur unie (le plus souvent noir, mais on peut aussi choisir un fondu au blanc, au rouge, au vert...).
• Fondu enchaîné : l'image est progressivement remplacée par le plan suivant qui apparaît en surimpression.

Ouverture, fermeture à l'iris

• Ouverture à l'iris : l'image apparaît dans un cercle qui s'ouvre progressivement.
• Fermeture à l'iris : processus inverse, le cercle se referme sur l'image.

Champ-contrechamp

Champ :

Contrechamp (la caméra est retournée à 180°)

Le montage en champ-contrechamp consiste à alterner ces prises de vue opposées.

Noir

Image noire intercalée entre deux plans ; elle est souvent utilisée pour séparer deux scènes.

Effets spéciaux, trucages

Ensemble des techniques utilisées pour créer l'illusion de phénomènes qui n'existent pas dans la réalité.

• LE MONTAGE DU SON

Voix off

Voix d'un personnage qui n'apparaît pas à l'image, enregistrée après le tournage.

Bruitages

Reconstitution des bruits qui accompagnent l'action (par exemple, bruit des pas ou d'une porte qui s'ouvre).

Musique diégétique

Musique qui « fait partie de l'histoire » : les personnages l'entendent ou la jouent.

Musique extra-diégétique

Musique ajoutée au film après le tournage. Les personnages ne l'entendent pas, car elle est destinée au seul spectateur, qui est ainsi guidé dans ses émotions.

Bande-son

Ensemble final de tous les sons qu'on entendra dans le film, dans lequel on a mixé les sons enregistrés au tournage et ceux de la postproduction.

Table des illustrations

2-3	Coll. Aurimages
7	ph © Coll. L'Heure Joyeuse/Leemage
8	ph © Tallandier/Bridgeman images
10	ph © DILTZ/Rue des Archives
14-15	Coll. Aurimages
56 à 81	ph © Archives Hatier
79	© Marvel
85, 88	ph © B.N.F., Paris/Archives Hatier

Pages 2-3,11, 14-15, 44 et cahier photos page I-doc 2 et –doc 3 :
© 1946 SNC (Groupe M6)/Comité Jean Cocteau. Photos G.R. Aldo
Remerciements : le Comité Cocteau et Pierre Bergé

Page 13 :
© 1946 SNC (Groupe M6)/Comité Jean Cocteau. Photo LIDO
Remerciements : le Comité Cocteau et Pierre Bergé

Pages 59, 86, 87 et 91 :
ph ©Archives Hatier

Cahier photos :

Page I-doc3 :	Coll. The Kobal Collection/Aurimages
Page II :	ph © Fototeca/Leemage
Page III :	ph © Mary Evans/Rue des Archives
Page IV :	Coll. Christophe L - © Mandevill films/Walt Disney Pictures

Dos de couverture :
Remerciements : le Comité Cocteau et Pierre Bergé

Plat 2 de couverture :
Coll. The Kobal Collection/Aurimages
© Adagp, Paris 2017

Plat 3 de couverture :
Coll. The Kobal Collection/Aurimages/Pathé/Canal+/Cine+ Tf1 Films Productions

Iconographie : Hatier Illustration
Principe de maquette : Marie-Astrid Bailly-Maître & Sterenn Haudiard
Suivi éditorial : Anne Fontvieille
Illustrations intérieures : Qu Lan
Cartographie et infographie : Légendes cartographie – Vincent Landrin
Mise en pages : Facompo

Achevé d'imprimer par Grafica Veneta à Trebaseleghe - Italie
Dépôt légal n° 02820-3/01 - Août 2017